紫式部と男たち

木村朗子

文春新書

1428

はじめに

世界初の女性作家による小説

『源氏物語《げんじものがたり》』は世界で最も早く書かれた本格小説作品である。世界の文学史をみるとき、最初期に出てくるのは、韻文形式の叙事詩やギリシャ悲劇などの演劇であり、私たちが小説と呼ぶようなものはヨーロッパでは十八世紀から十九世紀になってようやく成立するのである。しかも作家はもっぱら男性が占めており、たとえば、イギリスでジェーン・オースティンなどの女性小説家が出てくるのは十九世紀になってからだった。

世界的な文学状況がこのようなものであったなかで、『源氏物語』は、十一世紀初頭という非常に早い段階で、しかも女性作家の手によって書かれた小説だというので、一九二五年に『源氏物語』がアーサー・ウェイリーの手によって翻訳されると、女性作家のヴァージニア・ウルフなどは、こんなにも昔にこんなにも素晴らしい小説を書いた女性がいるなんて！　とびっくり仰天してイギリスの雑誌『Vogue』に感想を寄せたのだった。

『源氏物語』は説教のための説話や子供だましのおとぎ話でもなく、歴史物語や戦記でもない。男女の恋愛を中心に置き、細やかな心理描写のもとに、人々の生活の機微、季節の美しさやうつろいが語られる人間ドラマで、主人公光源氏《ひかるげんじ》の生まれる前から、死後の孫の代までの長大な時間を描いた宮廷ロマンである。

優れた作品は、こうしたものを楽しみに読むような読者層の存在なしには成り立たない。囲炉裏端で誰かが話す昔話や役者が演じる演劇などと違って、書記言語による小説が成立するには、書き言葉を解する読者の成立が必須であり、読み書きの教育が行き渡る必要がある。

とすると、平安宮廷は、多くの人々が読み書きができ、作品を作り、読むことができるような教養のある文化的社会であったということになる。平安宮廷の大学寮《だいがくりょう》などの学問所は、男性官人しか学ぶことができなかったのだが、どの国の貴族社会もそうであるように、貴族たちは学校というシステムに依らず、家庭教師によって学問や和歌を詠むこと、楽器の演奏などの素養を身につけていた。そのようにして『源氏物語』が生まれた平安宮廷社会には、たいへん豊かに成熟した文化基盤が築かれていたのである。

物語のあたらしい文体

平安宮廷社会は中国を範としていたので、学問とは漢学すなわち漢文で書かれた文献の読み書きができ、漢詩文をつくることができるようになることだった。したがって書記言語として第一には漢文があり、平安宮廷の公式文書は漢文で書かれていたのである。それは男性官人の職務であり、公式文書ではない私的な日記においても男性が書く文書は漢文で書かれていた。たとえば藤原道長《ふじわらのみちなが》が残した日記『御堂関白記《みどうかんぱくき》』も、同時代に活躍した官人藤原行成《ゆきなり》の日記『権記《ごんき》』などであっても、すべて漢文体で書かれているのである。漢学は男性官人だけに入学の許された大学寮などで勉強するものだったので、女性には学習機会がないかというと、そういうわけでもない。

紫式部《むらさきしきぶ》の父親は漢学を専門とする文人で、宮廷社会で漢文を教える立場にいる人だった。紫式部の家にはたくさんの漢文の本があり、大学寮などに通わずとも多くのことを学べる環境にあった。それは紫式部に限った話ではない。当時の貴族階級の女たちには程度の差はあったにせよ、そのようにして家庭で漢学を学ぶことが可能だった。宮廷では宴会の余興として、男性官人たちが漢詩文を作ったりしていたが、そこに女性の作もあることが知られている。
天皇の勅命によって作られた和歌集を勅撰和歌集と呼ぶが、実は、最初に作られた勅撰集は漢詩文集だったのである。それに対して、やまと言葉によるやまとうたである和歌をまとめようという気運が起こり、最初に作られたのが『古今和歌集《こきんわかしゅう》』だった。以後、勅撰集といえば和歌集をさし、連綿と勅撰和歌集がまとめられるようになっていく。このようにそれまで漢文という書き言葉で行われてきた漢詩という文学活動が、いわば口語であるやまと言葉による和歌に置き換わっていく波に並行して、やまと言葉で書かれた物語作品が陸続《りくぞく》と現れるようになるのである。

ただし公式文書が漢文で書かれること自体が廃《すた》れたわけではなかったので、平安宮廷社会は、書記言語として、漢文の文体と和歌や『源氏物語』などの物語を書くためのやまと言葉の文体との二様の文体を使い分けていた。

この漢文調の書き言葉は話し言葉とは関わりがない。したがって時代による変化を受けることがない。時代に影響されないという意味で書き言葉としての漢文訓読調の文体は息が長く、近くは戦後になるまで用いられていた。昭和時代の法律の文章、聖書の訳文などをみてみると相変わらず漢文訓読調で書かれていたことに気づくはずだ。

私たちがいま明治時代の森鷗外や夏目漱石などの小説を読めるのは、言文一致運動があったおかげである。明治時代になって西洋文学に学んだ知識人たちは、江戸時代の戯作調の文体や文語と呼ばれる漢文訓読調の文体とは異なる、もっと日常語に近い、いわゆる口語体の文体を模索し、それによって新しい小説を生み出していった。

同じようにして平安宮廷社会では、書き言葉の漢文体ではなく口語体にあたるやまと言葉による文体をつくりあげたわけである。言文一致をめざす運動それ自体はたしかに明治時代のものではあるが、平安時代にも口語体による物語の文体があらたにつくられたのであり、言うなれば平安時代にすでに一度言文一致の動きがあったのである。口語体だからこそ、物語には、平安貴族たちの日常の声の調子、会話文などが取り込まれており、私たちはいまなお平安時代の人々の声の残響を聞くことができる。

女の名前

ところで紫式部については、名前も生没年もわかっていない。紫式部というのは宮中での女房《にょうぼう》名で、和泉式部《いずみしきぶ》などと呼ぶのと同様、父親か兄弟が式部省《しきぶしょう》（1）の役人だったことから付けられている。紫は『源氏物語』の登場人物の紫《むらさき》の上《うえ》にちなんでいるらしい。『栄花物語』

には「紫」と言及されている。

当時は貴族であっても、天皇の后《きさき》や母にでもならないと女の名前が記録されることはなかった。たとえば『蜻蛉日記《かげろうにっき》』の作者が藤原道綱母《みちつなのはは》と呼ばれ、『更級日記《さらしなにっき》』の作者が菅原《すがわらの》孝標女《たかすえのむすめ》と呼ばれているのは、息子や父親の名前しか記録に残っていないためである。記録に残らないというだけで、むろん女たちにも名前はあった。男女ともに幼名と成人してからの名前と二つ持っていることが多かったらしい。『落窪物語《おちくぼものがたり》』で継母《ままはは》にいじめられている女主人公を助ける女童《めのわらわ》(2)があこきと呼ばれ、『源氏物語』で紫の上の幼い頃の遊び相手となっているのがいぬきと呼ばれているように、あこき、いぬきなどは童名《わらわな》である。その後、成人の際に新たな名がついたはずだが、女房として仕えたときには、親兄弟の役職に由来して中将《ちゅうじょう》の君《きみ》、中務《なかつかさ》の君《きみ》などと呼ばれて、結局、どのような名前がつけられたのかはわからない。

ただし天皇に入内《じゅだい》(3)した女たちの名前はわかっていて、たとえば一条《いちじょう》天皇の后である定子《ていし》や彰子《しょうし》というのがその名である。皇后の例からみると子のつく名前が主流であったように想像されるが、たとえば『源氏物語』で玉鬘《たまかずら》と通称される女君《おんなぎみ》は藤原瑠璃《るり》という名だと書かれており、瑠璃という名もあったようである。

ただし現在でも漢字の名をどのように読ませるかにはさまざまな可能性があるように、定子、彰子などの漢字名をどのように読んだかはわかっていない。いずれにせよ女たちの名が実際にどういうものであったのかについては不明な点が多い。

物語の作者

少なくとも『源氏物語』の作者は紫式部だと確定しているが、そのようにして物語の作者が明らかになっている例は非常に少ない。どうやら物語を読む側は、それが誰によって書かれた作品かということをほとんど重視していなかったようである。かぐや姫の物語である『竹取物語《たけとりものがたり》』の作者も継子《ままこ》いじめを描いた『落窪物語』も、多くの女性読者を魅了したらしい『夜《よる》の寝《ね》覚《ざめ》』も作者が誰だかわかっていない。

ではなぜ紫式部が『源氏物語』の作者だとわかるかというと、紫式部は別に『紫式部日《むらさきしきぶにっ》記《き》』と呼ばれる日記を残しているからである。一条天皇が『源氏物語』を読み聞かせられたとき、「この人は日本紀《にほんぎ》をこそ読みたるべけれ。真《まこと》に才《ざえ》あるべし」（この人は『日本書紀《にほんしょき》』などの歴史書を読んでいるにちがいない。たいそう学識があるようだね）と言ったので、意地悪な女房に、あの人は学識をひけらかしていると吹聴《ふいちょう》されて「日本紀の御局《みつぼね》」とあだ名をつけられたと書いてある。紫式部は、実家でだって学識をひけらかすようなことはしていないのに、ましてや宮中でそんなことをするはずがないじゃないかと自らの憤りも書きつけている。

もともと『紫式部日記』は、日記といっても紫式部個人の雑感を書くようなものではなく、紫式部が仕えた一条天皇后の彰子の皇子《おうじ》出産を記録する目的で書かれたものらしい。ともあれ日記作品が残されたことで、『源氏物語』のような架空の登場人物によるフィクションでは知り得ない作者自身の声を知ることができるわけである。

紫式部とはどのような人だったのだろうか。いったいどういうわけで『源氏物語』のような大作が生まれたのだろうか。『源氏物語』と照らし合わせながら、紫式部の生きた時代をみてみよう。

紫式部と男たち◎目次

第一章　『源氏物語』の時代

延喜・天暦の治

「いづれの御時《おおんとき》にか、女御《にょうご》、更衣《こうい》あまたさぶらひ給ひける中に、いとやんごとなき際《きわ》にはあらぬが、すぐれてときめき給ふありけり」とはじまる『源氏物語』は、実際に物語が書かれた時代よりも前に設定されている。紫式部《むらさきしきぶ》が仕えたのは道長《みちなが》の娘、一条《いちじょう》天皇の后《きさき》彰子《しょうし》で、彰子が一条天皇の後宮《こうきゅう》(1)に入内《じゅだい》するのが長保《ちょうほう》元（九九九）年だから、宮中にいたのはそれ以降ということになる。

ところが、『源氏物語』に描かれる正月の宮中行事である男踏歌《おとことうか》(2)は一条天皇代（九八六～一〇一一）には行われていないのである。村上《むらかみ》天皇代の天暦《てんりやく》九（九五五）年に男踏歌が中止となって以来、次代の冷泉《れいぜい》天皇代で復活させたものの、天元《てんげん》六（九八三）年を最後に行われなくなっている。どうやら『源氏物語』は「延喜《えんぎ》・天暦の治《ち》」として理想の治世と謳《うた》われた醍醐《だいご》天皇、村上天皇代を時代設定としているらしいのである。

同時代ではなく過去の話だとすることで、光源氏《ひかるげんじ》のモデルが宮中に実在の誰であるかなどの詮索がましいゴシップから逃れられたのかもしれない。少し前の時代を設定し、全くのフィクションとして構成された『源氏物語』は、それでいて当時の摂関《せっかん》政治の影響下にある。

『源氏物語』は、主人公光源氏の誕生秘話から物語がはじまる。桐壺《きりつぼ》天皇の子として生まれながら、なぜ臣籍降下《しんせきこうか》と言って、臣下の位に落とされる必要があったのかといえば、母方の祖父が亡くなっており、政治的バックアップがまったくなかったせいである。天皇の後宮《こうきゅう》を形づくる女たちは、父親の政治的地位にしたがってあらかじめ序列化された上で宮中に入るのである。というのも、この時代は摂関政治下にあり、天皇の母方の祖父が天皇の政治を補佐する名目で権力を握ることになっていたからだ。一条天皇はわずか七歳で天皇に即位しており、天皇自らが政治的判断をできる状況にはなかった。というより摂関政治において、天皇自らが政治的判断などできなくても一向にかまわなかったどころか、むしろ好都合だったのである。

摂政関白《せっしょうかんぱく》はこの時代には藤原氏が独占するようになる。そもそも摂関政治の制度は、藤原氏が宮廷社会で実権を握るために、それまで上層に位置していた他氏を排斥して長い時間をかけて構築してきたものなのである。したがって、天皇は父親の格によって入内した数々の女君《おんなぎみ》たちに愛情の配分をすることが求められていた。次代を継ぐ天皇は、最有力権力者の娘から生まれなければならない。

『源氏物語』で桐壺天皇の第一夫人と見なされているのは、父親が右大臣《うだいじん》に就いている弘《こ》徽殿女御《きでんのにょうご》である。女御は后候補として入内しているのであり、おまけに子沢山の弘徽殿女御はすでに第一皇子《おうじ》を出産している。

それに対して光源氏の母親は、父親が大納言《だいなごん》の位に上ったところで没しており、后候補にはほど遠い更衣《こうい》の役職で入内している。更衣は、女御より位は低いが、天皇の着替えを手伝う役職であるために、天皇の身近くに仕えることとなり、天皇が気軽に性的関係を持つことがあり得た。桐壺天皇は、光源氏の母となる更衣を自らの意志でそばにおき寵愛《ちょうあい》したのである。それは女君の父親の顔色をうかがって愛情を采配するのとは異なって、美しい純愛となる。しかしこの時代、愛情のままに心を傾ける純愛は悲恋となるほかない。更衣は光源氏を生み落とし亡くなってしまう。

桐壺天皇は、光源氏をことのほか愛し宮中に引き取って手元で育てた。天皇が自らの子どもたちの中で光源氏を最も愛していることは誰の目にも明らかだった。桐壺天皇は、光源氏が親王《しんのう》（天皇の子）である限り、彼をおし立てて政権をとろうとする者が必ず出てくると考えて、源の氏《うじ》を与え臣下とし、即位の可能性をあらかじめ失わせたのである。この判断は物語においても故なきことではなくて、光源氏の死後に「宇治十帖《うじじゅうじょう》」と呼ばれる巻々に登場してくる宇治の八《はち》の宮《みや》という人は、桐壺天皇の八番目の皇子として政争に利用され、娘二人を連れて蟄居《ちっきょ》を余儀なくされて宇治に引っ込んでいるという設定なのである。八の宮は光源氏の異母弟にあたる。一方、光源氏は、臣下として天皇にも匹敵する位にのぼりつめ、六条院《ろくじょういん》という、まるで宮中とみまごうほどの大邸宅をも持つことになる。そうした光源氏の栄達《えいたつ》の物語が『源氏物語』である。

政争と臣籍降下

摂関政治とは、端的に言って藤原氏が政治を掌握するためのしくみであった。平安宮廷は中国を範としているので、長らく漢籍《かんせき》に詳しい学者筋の貴族たちが天皇の補佐となり相談役となって運営してきた。有名なところでいえば、太宰府《だざいふ》天満宮《てんまんぐう》に祀《まつ》られていて学問の神様として現在も信仰を集めている菅原道真《すがわらのみちざね》などである。学者筋というのは紫式部の父親もそうだが、だいたいにおいて貴族としての家格はそれほど高くない。学問の力で政界にのし上がっていった官人なのである。菅原道真は宇多《うだ》天皇の信任が厚かった。

一方、藤原氏はもっぱら天皇家と姻戚関係を結ぶことでのし上がってきたのである。延《えん》暦《りゃく》十二（七九三）年に下された桓武《かんむ》天皇の詔《みことのり》で、他の大臣には三世以下の女王（天皇のひ孫）を娶《めと》ることしか許されていないのにもかかわらず、藤原氏に限って二世の女王、つまり天皇の孫娘を娶ることが特権的に許されることとなった。菅原道真を左遷させたのは、その時の左《さ》大臣《だいじん》藤原時平《ときひら》である。

時平の父親は二世の女王を妻とし、娘温子《おんし》を宇多天皇に更衣として入内させ、娘穏子《おんし》を醍醐天皇に入内させ中宮《ちゅうぐう》（皇后）とした藤原基経《もとつね》である。温子には男子がなかったが、穏子は朱《す》雀《ざく》天皇、村上天皇の母となる。藤原氏は、こうして天皇の血筋にからみつき、のし上がっていった。

菅原道真の左遷の理由となったのは、醍醐天皇を廃して、宇多天皇の皇子で醍醐天皇の弟の斉世《ときよ》親王《しんのう》を天皇に擁立しようとしたという謀《む》反《ほん》の罪である。斉世親王擁立の根拠となったのは、菅原道真の娘が斉世親王の妃であったことにある。

天皇の子は親王とよばれ、天皇に即位する可能性、つまり皇位継承権があることになる。菅原道真の左遷の種をつくったように、いまの天皇を廃して親王を天皇に押し上げ、そのバックアップ役として政界で実権を掌握するという荒手の権力奪取の方法がある。『源氏物語』で桐壺天皇が、光源氏を臣籍に降ろして、源氏としたのは、こうした政争の具に利用させないためだったわけである。

光源氏像には、『伊勢物語《いせものがたり》』の主人公となっている在原業平《ありわらのなりひら》やその兄の行平《ゆきひら》のイメージも引用されているだろう。在原業平の父阿保《あぼ》親王《しんのう》は平城《へいぜい》天皇の第一皇子だが、平城天皇が譲位後、嵯峨《さが》天皇代、大同《だいどう》五（八一〇）年に薬子《くすこ》の変《へん》で失墜すると、連座した阿保親王は大宰府に左遷されている。平城上皇の死後、阿保親王は都に戻るが、息子の行平、業平に在原の姓を与え、臣籍降下させている。

在原業平はすぐれた歌人として『古今和歌集《こきんわかしゅう》』他勅撰集に多く採られて文学的に名を馳せた。しかし政治的には中将どまりで出世には縁がなかった。その意味でいくと、『源氏物語』は光源氏が業平像を引き受けながらも、一度左遷されたらあとはただただ敗退していくだけの現実をくつがえして、天皇代の即位とは全く別の仕方で宮廷社会で天皇のように君臨するという、人臣《じんしん》の野望を夢のように実現させた物語といえる。

怨霊と物の怪

さて、昌泰《しょうたい》四（九〇一）年に、大宰府に左遷された道真は、二年後に失意のままかの地で亡くなった。菅原道真の排斥は、醍醐天皇をはじめとする貴族たちに不安を残したらしく、延喜九（九〇九）年に藤原時平が三十九歳の若さで亡くなると道真の怨霊《おんりょう》にとり殺されたと噂され、醍醐天皇は大宰府の道真の墓所に社殿を造営するよう命じた。延喜十九（九一九）年に成るこの社殿が今日の太宰府天満宮の基礎となる。

その後も共同不安は宮廷社会に長く残ったらしく、道真の死からおよそ二十七年後の延《えん》長《ちょう》八（九三〇）年に清涼殿《せいりょうでん》(3)が落雷で炎上すると、それもまた道真の怨霊のしわざだとされた。道真は雷神となって京の都に舞い戻ったのである。この霊を鎮めるために造営されたのが、北野《きたの》天満宮《てんまんぐう》である。「北野天神縁起《きたのてんじんえんぎ》絵巻《えまき》」には赤鬼の雷神と化した道真が黒い雨雲にのって内裏《だいり》にやってきて雷を落とす場面が描かれている。

日本の神には太陽の神などの自然神の他に、実在の人間を神として祀《まつ》る例がある。菅原道真の他にも崇徳《すとく》天皇などがそうだが、これらの人々はこの世に恨みを残して死に、死後に怨霊となって恨みをはらしにやってくる。その怨霊の祟《たた》りを鎮めるために神として祀るのである。祀りは祭と同じことであるから、神を楽しませるために歌舞音曲《かぶおんぎょく》を披露したり、盛大なご馳走を供えたりする。神は機嫌をそこねると、暴風雨となって襲ってきたり、旱《かん》魃《ばつ》を起こしたりなど禍《わざわ》いをもたらして祟るのである。それを祀ることで鎮めなければならない。現在の祭も基本的には神の祟りを鎮めるために行われている。

そのほかに、恨みを持って亡くなった死者に位を与えて昇進させることで霊を鎮める方法がある。右大臣を解かれて左遷された菅原道真は、死後二十年も経ったのちに右大臣の官位を贈られている。いまだ道真の祟りがやまないとみなされたわけである。さらに一条天皇代の正暦《しょうりゃく》四（九九三）年五月に左《さ》大臣《だいじん》、その年の十月に太政大臣《だじょうだいじん》の官位を追贈《ついぞう》されている。平安宮廷社会にとって、物《もの》の怪《け》、怨霊というものは現実に世界を脅かすものだった。左遷などで政界から追いやり排斥する仕方は、怨霊の祟りを招く。同時に天変地異は、その政治が間違いであることを示す異界からのさとしでもあった。『源氏物語』で光源氏が須磨《すま》に蟄居を余儀なくされているときに起こる大嵐は、亡くなった桐壺天皇によるさとしであった。

桐壺天皇の死後、第一皇子が朱雀《すざく》天皇として即位すると、政権はその母弘徽殿女御《こきでんのにょうご》方の右大臣家に移る。左大臣家の婿としてバックアップを受けていた光源氏の旗色は急速に悪くなる。そんなときに光源氏はよりにもよって右大臣家の娘で朱雀天皇に入内させるつもりで大事に育てていた朧月夜《おぼろづきよ》の君《きみ》と関係を持ち、右大臣と弘徽殿女御の怒りを買う。光源氏は官職を取り上げられ、無官となって須磨へ蟄居せざるを得なくなった。このとき、光源氏をよろしく頼むという遺言をたがえた弘徽殿女御腹の朱雀天皇は父桐壺天皇の怒りを買って禍いをよびおこした。桐壺天皇は、ふと冥界《めいかい》からふりかえってみたら光源氏が須磨で侘び住まいをしていることに気づき、急ぎ現世へ舞い戻ってくる。そのとき須磨は嵐となっており、光源氏の住まいも落雷して燃えている。桐壺天皇はおまえはこんなところにいるべきではないと光源氏に声をかけた後、都へ向かい都を嵐に巻き込んだ上、朱雀天皇をじっと睨みつけ、朱雀天皇はそのせいで眼病を患った。朱雀天皇は恐れ慄《おのの》き、怨霊と化した父帝の怒りを鎮めるために、光源氏を須磨から帰還させることを決めたのだった。帰還後、東宮《とうぐう》(4)（皇太子）が元服すると朱雀天皇はすぐさま譲位する。この次代の天皇は、表向き桐壺天皇と藤壺中宮《ふじつぼちゅうぐう》とのあいだの子であるが、実際には藤壺と光源氏の子であり、この秘密裏の関係を梃子《てこ》に光源氏が宮中で重用され、栄華を極めていくのである。

学問の力

藤原氏は、菅原道真を左遷することで、文章博士《もんじょうはかせ》が重用されるような政治運営の基礎を破壊し、姻戚関係を基として天皇の信任を得る体制に伝統を塗り替えた。藤原氏の政権とは学問の叡智に頼らず、性愛によって天皇をとりこめていく政治体制であり、それがとりもなおさず摂関政治の内実なのである。

藤原氏が漢学者たちを廃して摂関家としてのし上がってくる時期は、ちょうど勅撰集が漢詩文集から和歌集へと移り変わっていく時期に重なる。最初の勅撰和歌集である『古今和歌集』は醍醐天皇の勅命によって編まれているのである。

『古今和歌集』は全二十巻のうち、恋歌を集めた巻が五巻も入っており、春夏秋冬の巻にも恋歌が多く入っている。最古の和歌集である『万葉集《まんようしゅう》』には天皇を言祝《ことほ》ぐ歌、国褒《くにぼ》めの歌などが多く含まれるのに比べて、まったくもって恋愛重視である。政治と文化の両面において、学才よりも恋愛力が重要視される時期にもてはやされた物語が『源氏物語』である。ならば色好みの男たる光源氏が主人公となるのも必然という気がしてくる。

とはいえ、紫式部は漢学者の娘である。漢学の素養をおろそかにしたりはしないのである。光源氏は元服前の七歳のときに読書《ふみ》始めといって漢籍を読むための手ほどきを受けはじめるのだが、おそろしいほど聡明だった。桐壺天皇は、光源氏の処遇に悩み、そのころ来日していた高麗《こま》の人相見《にんそうみ》に臣下の右大弁《うだいべん》の子と偽って占ってもらう。桐壺天皇は、この占いをふまえて源氏に臣籍降下させることを決めるのである。

光源氏を連れていった右大弁は学問にすぐれた文章博士で、高麗からやってきた人々と対話できる人なのである。そこで互いに漢詩文を作り合ったりするのだが、光源氏も漢詩をつくってみせ賞賛されたと書かれている。いわばネイティヴにお墨付きをもらったかっこうである。

光源氏はなにをやっても抜きん出ていてすばらしいと賞賛されつづけた。ところが、そんな褒め言葉は自分が桐壺天皇に寵愛されている子であり、政治的頂点にある左大臣家の婿だからこそのものに過ぎないと須磨に蟄居した経験から思うようになる。光源氏は、琴、笛などの楽器や和歌など、すべてを宮中の天皇のそばで学んだ。のちに光源氏は、それでは不十分だったと息子の教育方針を決めるにあたって振り返る場面がある。

第二十一巻「少女《おとめ》」の巻で、葵《あおい》の上《うえ》が産んだ長男の夕霧《ゆうぎり》が元服するとき、四位《しい》あたりにつけるのがふつうであろうがあえて六位という低い位に留めて大学《だいがく》で勉強させることを決める。それはあんまりだと気の毒がる夕霧の母方の祖母の大宮《おおみや》を相手に、源氏は次のように語るのである。

「自らは、宮中に生まれ育って、世間知らずのまま、明け暮れ天皇のそばにいて、とるにたりない程度に体系立っていない漢籍を習いました。畏《おそ》れ多くも天皇から直々に教えを受けたとはいえ、なにしろ広く教養を知らないでは、漢籍を学ぶにも、琴笛の調べにしても及ばぬところが多くあるのです。いたらぬ親に賢い子が勝る例はめったにないことですし、となると子々孫々の行く先はただ不安になるばかりなので思い決めたのです。名家の子だからというので官位を得てしまって、意のままの世に驕《おご》っていては、苦しい思いをして学問に励もうとはとうてい思えないでしょう。遊び戯れるのを好んで、思いのままに昇進すれば、時勢に従う人々は鼻で笑いつつも、お追従《ついしょう》をいい、ご機嫌とりをしてくれて、それでなんだか立派な人になったような気がするものですが、権勢が移ろって、後見してくれる人が亡くなったりして落ち目になったときには、とたんに軽んじられ侮《あなど》られます。そんなときに身を立てる拠り所がないということでは困ります。やはり漢学の知識が基礎にあってこそ、大和魂を世に役立てることもできるというものでしょう。さしあたって官位が低いのは心許《こころもと》ないでしょうが、ゆくゆくは国の重鎮となるべき心構えを身につけておけば、私がいなくなった後も安心できましょう。ただいまははかばかしくなくとも、私が面倒をみている子なのですから、貧乏学生のお仲間かと笑い侮る人もよもやいないと思うのです。」

光源氏は、父帝亡きあと、権勢が右大臣家方に移ろうと、手のひらをかえしたようにいままで追従していた人々が消えて、ちやほやしてくれていた女たちにも知らんぷりされた経験を持つ。世の人とは、そんなものである。そんなとき学問という世に役立つ確固たるものがあれば、重用されつづけるはずだというのが光源氏の考えたことである。政争のたびに人々がなびく相手を変えるのは、平安宮廷の現実でもあっただろう。

一方で学者として天皇に重用されたがゆえに煙たがられて左遷された菅原道真のような人もいたにもかかわらず、学問こそが国の基礎だと光源氏に言わせた紫式部はそれほど出世しなかった父の無念をこのセリフではらしたのかもしれない。

大和魂

余談だが、太平洋戦争の戦時下には『源氏物語』のような色恋沙汰の物語は時局にふさわしくないとされていた。学校の教科書で習うのも軍記物語の『平家物語《へいけものがたり》』のほうであった。戦時下の経験を書いた田辺聖子『私の大阪八景』に付された小松左京の解説によれば、国語の授業で『平家物語』は習うのになぜ『源氏物語』は習わないのだろうと友人と話していたら、通りがかった国語教師に「バカモン！　源氏は女の読むものだ！」と一喝されたと書かれている。小松左京は、『源氏物語』は源平合戦の源氏方の物語だと思い込んでいたとも書いていて、同じような戦記ものならば習わない道理がわからなかったのだろう。

しかしそこで刻まれた記憶は『源氏物語』は女の読むものだということである。将来、兵隊になる日本男児にはふさわしくないということだろう。実際に、戦時下にいたって『源氏物語』はけしからん、という話になっていくのである。

　一方で、『源氏物語』こそが日本を代表する大文学であると主張する一派もあった。明治時代に日本の学問の基礎をつくった学者たちは、英文学史にならって日本文学史を立ち上げるのだが、日本文学の豊かさに安堵したにちがいない。なんといっても英文学史よりもずっと早く長編小説が成立しているのだから。このときの日本文学史のラインナップは『万葉集』『古事記《こじき》』から『枕草子《まくらのそうし》』『源氏物語』『平家物語』『太平記《たいへいき》』などで現在の学校教育で扱うものとさほど変わらない。

　一九三八年にはついに小学国語の教科書に『源氏物語』が採用される。しかしこれが議論を呼んで、国文学者の橘《たちばな》　純一《じゅんいち》は、「小学校国語読本巻十一「源氏物語」の削除を要求する」（一九三八年六月）という文章をものして文部省に削除要請を出した。さらに翌月、「源氏物語は大不敬の書である」（一九三八年七月）を出して、なぜ削除しなければならないかを述べた。曰《いわ》く、光源氏が父帝の后である藤壺中宮と関係したこと、それによって生まれた子が天皇に即位すること、その子が本当の父親が光源氏だと知って光源氏を准太上《じゅんだじょう》天皇とした物語の構想が、天皇に対する不敬罪にあたるというのである。

明治時代につくられた法律に不敬罪というのがあって、戦後に廃止されるまで、天皇や皇族、また伊勢神宮などを冒瀆《ぼうとく》する行為は罰せられていた。とはいえ実際に一条天皇の後宮に仕えていた作者が平安時代に書いたものに対して不敬罪を問うことはできないので、教科書に載せることが不敬だというわけである。橘純一は、さらに駄目押しのように「小学国語読本巻十一「源氏物語」について文科省の自省を懇請する」を出し、光源氏が須磨に蟄居するきっかけとなった、朱雀天皇に入内するはずだった朧月夜との関係も不敬の一つに数え上げ、とにかく『源氏物語』は「全篇一貫して、その性格が淫靡《いんび》であり不健全」だと述べた。

こうした流れのなかで『源氏物語』擁護のために使われたのが、先の「少女」巻にでてくる「大和魂」だったのである。国文学者の久松潜一《ひさまつせんいち》は「源氏物語と大和魂　その他」（一九三八年十二月）において「大和魂といふ言葉は日本民族の精神であり、日本精神と言ふべきものであるが、この大和魂といふ言葉の見える古い文献は源氏物語である」と述べた。

光源氏のいう「大和魂」が戦時下のそれとはまったく関係ないことは明らかだが、ともあれ「大和魂」ということばが戦時下に『源氏物語』がぜひにも読まれるべき根拠として大いに役立ったわけである。

さて、光源氏が、漢学の基礎があってこそ大和魂が発揮できるといったとおり、夕霧は、漢学の基礎を身につけ、のちに実務家として政界の重鎮となる。和歌や楽器、絵画や書などの評判の高かった光源氏とは対照的なのである。夕霧の舅《しゆうと》となる内大臣《ないだいじん》ともども、政治的手腕のある人物は「男々《をを》し」と表現されるが、光源氏は「男々し」と描写されることはない。

光源氏の美質とはたびたびこの人を女としてみてみたいと男性たちに賞賛されているような、男女の睦言《むつごと》の場でいかにも魅力的なたおやかさである。それはなぜか。摂関政治下においては、色ごとこそが政治だったからである。勅撰集が漢詩文から和歌へと移り変わったように漢学者じこみの政治は、天皇と血縁関係になる仕方に変わった。

学問こそが大事と思いつつも結局のところ光源氏は、天皇の子であるとか、左大臣家の婿であるとか、ひいては冷泉天皇の実の父であるといった血縁関係にものを言わせて宮廷社会に君臨した人である。光源氏はどんな女でも彼を一目みたら好きにならずにいられないような色男として造形されている。学力よりも恋愛力、色好みの力でこの世の栄華を手に入れたのである。

第二章　摂関政治下の色好みの力

摂関政治とは性を治める「性治」である

摂関《せっかん》政治下において、天皇の性愛は、入内《じゅだい》した女たちの父親の地位にしたがって配分されねばならなかった。心のおもむくままにだれかを寵愛《ちょうあい》することなど許されてはいなかったのである。『栄花物語《えいがものがたり》』で村上《むらかみ》天皇が「堯《ぎょう》の子の堯ならむ」ように、つまり聖帝といわれた醍醐《だいご》天皇の子らしく聖帝であるとされて、すぐさま例にあげられるのは入内してきた多くの女たちの扱いぶりである。寵愛が深い人にも冷めてしまっている人にも情けをかけているので、女御《にょうご》、御息所《みやすどころ》たちの仲も円満だったという。さらに子が生まれた女君《おんなぎみ》は重く扱い、子をもたない女君は物忌《ものいみ》(1)のつれづれに召して碁や双六《すごろく》、偏《へん》つぎ遊び(2)に誘うなどしてもてなしたとある。

『源氏物語』で桐壺《きりつぼ》天皇が相応の身分ではないにもかかわらず桐壺更衣《こうい》を溺愛《できあい》することはあってはならないことだった。宮中では中国で楊貴妃《ようきひ》を愛し国を滅ぼした玄宗《げんそう》皇帝の例を持ち出して憂慮していた。更衣の産んだ光源氏《ひかるげんじ》をいかにかわいがろうとも天皇の思うままに即位させることはかなわなかった。天皇の政治とはまずもって性を治める「性治」であって、それを踏み外すことなどよもあってはならない。まさに「性治」の乱れは政治の乱れだったのである。

天皇ばかりではない。貴族たちも一夫多妻婚であったから、同様に女の家格にしたがって性愛を配分する必要があった。正妻腹の子を入内させ天皇の子を産んでもらうことで権力を手に入れようとしたわけだから、正妻格に嫡子《ちゃくし》が生まれることが最重要であった。正妻格の女子は次代の天皇を生み出し父親に権力をもたらす権力再生産にかかわっており、権力を「生む性」として出産を期待されていた。入内させる女子は多ければ多いほどいいから、一夫多妻婚であるのは必須だが、しかし正妻格の子でなければ、劣《おと》り腹《ばら》の子として扱われた。女たちは序列化されており、その女たちの序列にしたがって子も序列化されるわけである。

女たちの「生む性」と「生まない性」

『源氏物語』で、光源氏が政界を追われ、須磨《すま》、明石《あかし》で蟄居《ちっきょ》した折に出会う明石の君《きみ》は、光源氏の娘を産み、のちにその娘が入内して中宮《ちゅうぐう》となる。しかし明石の田舎で出会った娘が産んだ子として入内させるわけにはいかないので、光源氏の正妻格にある紫《むらさき》の上《うえ》が引き取って、紫の上の元から入内させたのである。正妻の子に対して、明石の君の子であれば劣り腹の子ということになる。妻格にある女たちもまた予め家格によって序列化されている。

『源氏物語』には、婿として左大臣《さだいじん》家に通っていた頃、源氏と恋人関係にあった中将《ちゅうじょう》の君《きみ》、中務《なかつかさ》の君《きみ》などと呼ばれる女房が出てくる。この人たちは葵《あおい》の上《うえ》付きの女房で、光源氏が女主人を訪ねて来たにもかかわらず、葵の上が相手をしてくれないようなときなどに夜を共に過ごしているのである。こうした男主人と恋人関係にある女房は召人《めしうど》と呼ばれている。性的関係にあれば当然出産の可能性もあるが、召人たちがたとえ光源氏の子を産んだとしても、その子が権力奪取のために使われることはない。

その意味で、女たちは権力再生産において「生む性」と「生まない性」にあらかじめ分けられている。紫の上と明石の君の関係は、権力を「生む性」の中で序列化されているが、召人は、子の出産が権力奪取に関わらないという意味で、権力を「生まない性」と位置付けられているのである。

召人がたとえ出産したとしても正妻格の産んだ子の乳母《めのと》となるのが関の山であった。一夫多妻の複数の女たちは出自によって序列化されており、ごく上層の女たちのみが権力を「生む性」であった。一方で、それ以外の性愛は権力を「生まない性」として権力再生産のまったくの埒外《らちがい》に置かれていた。召人の女房が産んだ子を入内させることはなかったのである。

現代社会では、子の出産は、労働力の再生産とみなされている。婚姻に際して妻は労働力を「生む性」としてあらかじめ想定されている。一夫一妻制においてはすべての女たちが「生む性」として潜在的に出産を期待されていることになる。

平安宮廷社会では、「生む性」として出産を期待されているのは上層の女たちだけで、「生まない性」があらかじめ想定されている以上、同性愛関係のような子の出産に関わらない性愛もそこにくり込まれることになる。複数の女との性愛が「生む性」と「生まない性」との両方を含むとすれば、同性愛関係は「生まない性」の一部ということになるので、なんら問題視されることはない。『源氏物語』において、光源氏との男同士の性愛が描かれているのは、召人との関係と同等に扱われているためである。反対に、現代社会の一夫一妻制度においては、すべての女が「生む性」であるがために、強制的異性愛主義といわれるように同性愛が忌避される。なぜならそれは労働力の再生産を妨げるものとされているからである。

現代でも正式な妻との関係よりいわゆる不倫関係の方がドラマになりやすいように、

『源氏物語』でも政略結婚で結ばれる「生む性」との関係は熱を入れては描かれない。元服したその日に左大臣家との政略結婚で結ばれた葵の上と光源氏とのあいだには、ただの一首の和歌のやりとりもない。それは恋ではなかったのである。

『源氏物語』で光源氏は権力の中枢にのぼるわけだが、光源氏の子どもは極端に少ない。葵の上の産んだ夕霧、明石の君の産んだ明石の姫君《ひめぎみ》と表向きには二人、そして藤壺《ふじつぼ》の産んだ冷泉《れいぜい》帝と三人の子しか持たなかった。葵の上の死後に正妻格となる紫の上は出産していない。あとから正妻格で入る朱雀院《すざくいん》の娘、女三《おんなさん》の宮《みや》の産んだ薫《かおる》は表向きには光源氏の子だが、実際には頭中将《とうのちゅうじょう》の長男柏木《かしわぎ》の子である。『源氏物語』が権力再生産に関わらない女たちとの関係をこそ描こうとしているとすれば、それは摂関政治体制に対するアンチテーゼであったのかもしれない。

光源氏の恋

光源氏の色好みは父親ゆずりである。桐壺天皇は美しい女性には目がなくて、どんなに下の女官でも選《よ》りすぐりの女性たちを集めていたのだが、光源氏はそうした美しい女君たちを間近に見て育つことになる。ふつう成人した男女はよほどの仲にならない限りは、はっきりと顔を見ることはできない。ところが成人を迎えるまでの子ども時代には顔を合わせることが許されていた。女童《めのわらわ》や殿上童《てんじょうわらわ》(3)などが大人の文《ふみ》の取り次ぎをしたりするのはそのような理由であった。桐壺天皇は女たちの前に元服前の童姿《わらわすがた》の光源氏を連れていたから、光源氏は女性総覧のような趣きで、世に美人と誉《ほま》れの高い女たちを見比べることができたのである。

桐壺天皇は、光源氏を産んだ更衣のことが忘れられず、更衣によく似ているという先帝の四《し》の宮《みや》を入内させることになる。藤壺と呼ばれる女宮《おんなみや》である。桐壺天皇は藤壺を深く寵愛し、光源氏もまた藤壺が桐壺天皇のまわりのどの女君よりも美しい、まさに理想の女宮であることを知ってしまった。やがて十二歳となった光源氏は元服し成人を迎える。大人になった光源氏はそれ以降、藤壺とは御簾《みす》ごしにしか会えなくなってしまう。もう二度と顔を合わせることはできなくなってしまったのだった。光源氏はもはや会うことの許されない藤壺への恋しさを募らせていく。光源氏の恋愛の起点に、藤壺への叶わぬ恋慕があった。だからこそ、娘をもうけたものの夫が亡くなって未亡人となった先の東宮妃《とうぐうひ》であった六条御息所《ろくじょうのみやすどころ》と恋愛したりもしたわけである。六条御息所との恋愛の発端は物語には描かれていないが、のちに嫉妬のあまり生き霊《りょう》となって光源氏の正妻、葵の上をとり殺すのをはじめとして、一生涯のあいだ、光源氏につきまとう女となる人である。

ところが第二巻で十七歳になった光源氏は、男たちの恋愛遍歴を聞き、宮廷社会で出会う上流の女たちとは違った女性たちの魅力に気づかされるようになる。雨夜《あまよ》の品定《しなさだ》めと呼ばれている男性たちの恋愛談義で、恋愛経験豊富な恋の先輩たちは、上流の女が良いのは当たり前、下流の女はお話にならない、中流の女たちのなかに、意外な発見があったり、そそられる女がいたりするものだと話す。今でいう上流、中流は、平安時代、上《かみ》の品《しな》、中《なか》の品《しな》というように「品《しな》」という言葉で表現していた。現代語の上品《じょうひん》、下品《げひん》という言葉にそのニュアンスが残っている。

しかし、元々は上品《じょうぼん》、下品《げぼん》と読んで仏教の極楽世界の区分を表す言葉だった。死後の世界は、上品上生《じょうぼんじょうしょう》、上品中生《じょうぼんちゅうしょう》、上品下生《じょうぼんげしょう》、中品上生《ちゅうぼんじょうしょう》……のようにして、上中下の品がさらに上中下の生に分けられた九段階があるとされていた。京都南の浄瑠璃寺《じょうるりじ》や九品仏《くほんぶつ》などが、九体の阿弥陀仏を安置するのは、これを踏まえている。藤原道長《ふじわらのみちなが》が法成寺《ほうじょうじ》と名付けて建立した私寺にも九《く》体《たい》阿弥陀像があったといわれている。法成寺は道長の死後、焼失して現存していない。道長は、むろん極楽浄土の最高のステージである上品上生に行くことを願っていたわけだが下品下生《げぼんげしょう》にギリギリ食い込んだといったところであったらしい。

　さて光源氏は十二歳の元服の日に左大臣家の娘、葵の上と婚姻している。これは桐壺天皇の意向で決まった、いわば政略結婚である。天皇は時の権力者である左大臣家に婿入りさせることで光源氏の政界での足場を固めようと目論んだのである。上の品の女君とは、このようにして親たちの意向で決まる婚姻関係なのであって、今で言えば見合い結婚のようなものである。恋に落ち、身を焦がすような恋愛をしたいという願望は、どうやら平安貴族にもあったらしい。中の品の女君との恋愛というのは、自ら見出す恋愛結婚になる。

　雨夜の品定めで光源氏は中の品とはどのような階級なのかと訊ねている。曰《いわ》く上流であったのに零落《れいらく》した人、あるいは地方官の娘でありながら高い教養を身につけて上昇してきたような人だ。それ以降、若き光源氏の恋の冒険がはじまるが、最初に見出した中の品の女君は伊《い》予介《よのすけ》の後妻に入った空蟬《うつせみ》である。もともと桐壺天皇の後宮《こうきゅう》に入内する予定だったのに両親が没して年老いた地方官の後妻になるほかなかった人で、まさに上の品から転落した人にあたっているだろう。

中の品の女君との恋

　当時は婿入り婚であったから、財力のない没落した女は婿を迎え入れることはできない。

したがってその関係は自由恋愛の様相を呈することになる。舅になぜ娘のもとに来ないのかと責め立てられて気づまりな正妻のもとへと通っていく面倒くささは、光源氏の最初の悩みである。光源氏は元服のその日に十二歳で正妻を得た。正妻となる葵の上は、もともと東宮に入内させるつもりで育てられていたにもかかわらず、桐壺天皇の意向とはいえ臣下の妻におさまったわけである。母親は桐壺天皇の妹宮にあたっており、左大臣は皇女《こうじょ》（天皇の娘）を妻としていた。この由緒ただしい生まれの女君はこのとき十六歳。光源氏より四つ年上だった。年も釣り合わないし、夫となった人があまりに幼すぎると葵の上は思っている。

元服直後の婚姻では女のほうが年上ということがままある。女の裳着《もぎ》すなわち成人は初潮を迎えたあと、しっかりと子を産める体になってからであることが多いのに対し、男子の場合、十二歳で元服してしまうからでもある。光源氏がちっとも左大臣家に通ってこないし、娘に妊娠の兆候がなかなかなくても左大臣は光源氏が幼すぎるためだとおおめにみていたと「桐壺」巻にはある。

第二巻「帚木《ははきぎ》」巻では、光源氏は十七歳になっている。もう恋愛に興味をもっているころである。この巻のはじめに展開する雨夜の品定めで光源氏は、年長の経験者たちから中の品の魅力をきいてがぜん興味をひかれるのだが、それは、正妻との気づまりな関係と対比的に置かれている。

光源氏がちょうど葵の上に会いに左大臣家に来ているとき、今日はここは方位が悪いから方違《かたたが》え(4)しなければならないと言われて急遽《きゅうきょ》出かけていった先の紀伊守《きのかみ》の邸《やしき》で、はじめて中の品の女に出会うのである。この日は、紀伊守の父、伊予介の家の女たちが大勢泊まっていた。光源氏は色めきだち、女がそば近くにいない旅寝はさびしいものだからと女をそばにおくようほのめかしている。それで紀伊守は嫁入り前の妹(軒端荻《のきばのおぎ》)ではなく、伊予介の後妻に入った若い継母《ままはは》の寝ている隣室に光源氏の寝間《ねま》を用意したのである。

『源氏物語』で読者が最初に読むラブシーンが光源氏と空蟬との関係である。空蟬はすでに年老いた男の後妻に入った身で光源氏とつきあったところで何の益もないと思う。ただ一度の夢のような関係を思い出にして、それっきりにしようと心に決める。光源氏にとっては人妻とはいえ、自分より下の身分の男の妻であることだし、これがはじめての自由な恋愛なのだ。あらかじめ自分と結ばれることが決まっている正妻とは違って、かけひきもささやきもすべてが自分にまかされている恋の醍醐味をここではじめて味わったわけである。光源氏にとって空蟬との恋は忘れがたく、彼女の元服前の弟を自らのもとにひきとって文の仲介を頼み、再訪の手筈を整えてもらうのだった。元服前の少年にとって伊予介の継子《ままこ》として元服し、殿上《てんじょう》するより、光源氏を後見として殿上する方がよほどいい。だから空蟬は弟が源氏のために奔走するのを怒りはしてもとめることはできない。ところが弟の奔走はことごとく不首尾に終わり、それゆえに手の届かない女として空蟬は印象を残す。光源氏はその後、何度も彼女のことを思い出すことになる。

　ところで、中の品との恋の遍歴は光源氏の栄華の物語にどのような意味があるのだろうか。ふつうに考えれば権勢をほこる有力貴族との政略結婚のほうが政治的価値があるのは明らかである。政略結婚がお仕着せだとすれば、青年たちが自由恋愛、ほんとうの恋愛を求めて中の品との関係に勤《いそ》しむことは想像にかたくない。実際に、中の品との関係は、光源氏がバックアップにまわる側となるばかりで、彼の出世を約束するものではまったくない。政略結婚が男の出世を約束するものだとして、中の品との関係は、むしろ男気を発揮する場だった。

　本妻と政略的な結婚をしながら、自由な恋愛として別の女とつきあい、その女に住《す》み処《か》となるマンションを買ってやったり、その女性が商売をしている場合には店を出してやったりなどの男気をみせる文化は、現在でも完全になくなっているわけではない。

恋愛は立身出世の方法でもあった

『源氏物語』のおもしろいところは、中の品の女が光源氏を足がかりとして宮廷社会に君臨していく明石一族の物語が入っていることである。しかもこの一族との出会いは、光源氏が政治的に排斥され、まったくの無力であったときに設定されているのである。

明石入道《あかしのにゆうどう》は、光源氏の母桐壺更衣のいとこにあたっていて自らも宮中に仕えて中将にのぼったが出世の道が閉ざされ、出家し明石の地に引っ込んだ人である。一人娘はいつか京に戻してやりたいと十分な教育をほどこして大切に育てた。光源氏とのあいだに娘が生まれると、その娘は正妻格の紫の上に引き取られることで格上げされ、のちに天皇の后《きさき》となる。明石一族にとっては、天皇の后を出した家系となった上昇の物語だが、一方で光源氏にとっても、正妻格の紫の上には子がなかったので、天皇に入内させる娘をもたらしてくれた関係を得たことになる。

宮中に仕える上臈《じようろう》の女房をはじめ、『源氏物語』の読者は中の品にあたっている女たちばかりだったのだから、中の品との関係によって夢のような出世へと導かれていく物語にはことのほかわくわくしたにちがいない。その意味で、この時代、女にとっても恋愛は最重要だった。光源氏のような麗しい貴公子と恋愛することは、夢の実現のための足がかりであり、立身出世の方法でもあったからである。

ちなみに明治時代以降、女性が夫以外の男性と関係を持つことは厳しく禁じられており、戦後に廃止されるまでは姦通罪に問われる一大事であった。現在でも、不倫というのはかなりの大ごととして取り沙汰される傾向にあるが、平安時代は同居する前までは通い婚であったゆえに、男が複数の女のもとに通うあいだ、女のほうにも別な男を通わせる猶予があった。したがって女性が複数の男性と関係を持つことはままあったわけである。『伊勢《いせ》物語《ものがたり》』には、色好みの女のエピソードがある。たとえば、色好みと知りながら、その女と関係をもっていた男が、二、三日物忌などで女のもとへ行けなかったときに、きっと別の男と会っているだろうと嫉妬して詠んだ歌がある。

いでて来しあとだにいまだ変らじをたが通ひ路《ぢ》といまはなるらむ

あなたのところから出てきたばかりで、私のいた跡もそこにあるだろうに、いまや誰の通い路となっているのだろう、という歌である。相手は色好みの女なのだから、自分がいないときには別の男を引き入れているに決まっている、それでも女に惹かれてしまう男の話である。一夫多妻であれば、どうしたって一妻多夫的にもなるわけである。そしてそれは罪でもなんでもなかった。

その上で、女房階級で複数の男と関係を持てるにもかかわらず、あえて一途に一人を待つ女もいた。それは罪の問題というより心意気の問題であった。たとえば『源氏物語』で、光源氏の正妻葵の上に仕える女房で光源氏と関係をもっていた中務の君という人は、頭《とうの》中将《ちゅうじょう》が言い寄っても拒絶し、それゆえに葵の上と頭中将の母である大宮《おおみや》にうとまれていると「末摘花《すえつむはな》」巻に書かれている。あるいは、宇《う》治十帖《じじゅうじょう》にはいって「蜻蛉《かげろう》」巻で、薫が関係を持っている宮中の女一《おんないち》の宮《みや》に仕えている女房の小宰相《こさいしょう》の君《きみ》という人は、匂宮《におうのみや》に言い寄られても相手にしないゆえに薫に一目おかれていると書かれている。

『源氏物語』を読んでいて、光源氏の恋愛を打算的だと感じることはない。たしかに桐壺天皇の后とのあいだに子をなしたことで准太上《じゅんだじょう》天皇、つまり退位した帝《みかど》に准じる位に上りつめる。しかし藤壺への思慕は光源氏の元服前に、桐壺天皇が光源氏を女たちのもとへと連れまわしたときにはじまっていて、いうなれば父帝の結んだ縁でもあった。光源氏自身は母の顔など覚えていなかったのだが、桐壺天皇は、藤壺が亡くなった光源氏の母に似ているせいか、藤壺と光源氏がどこか似ていて親子のようだと藤壺にいう。しかし、藤壺は、光源氏のわずか五歳年長なだけだった。光源氏の正妻となる葵の上は四歳年長である。元服後に出会っていたのなら妻となってもおかしくない年齢差だった。

うら若い青年にとって、藤壺への尽きせぬ想いは、ただ一度、いや二度三度、夜をともにしたいという切なる願い以上のものではなかったろうし、それで二人が子をなすことになろうとはおよそ考えもしなかっただろう。結果としてその子が即位するものの、光源氏には権力奪取のための打算はなかったはずだ。むしろそれは身を焦がすせつない恋だった。『源氏物語』の恋愛物語としての読みどころはせつなさにある。光源氏の恋の行方に、恋に恋する若い読者たちは一喜一憂し、酸いも甘いも嚙《か》み分けた読者たちはそこに人生をみていたのである。

恋愛のせつなさについて

大恋愛といえば叶わぬ恋、結ばれぬ恋である。在原業平《ありわらのなりひら》の恋物語である『伊勢物語』にも悲恋が多い。『伊勢物語』には、在原業平が二条《にじょう》の后《きさき》がいまだ入内する前に通っていたという語りがある。二条の后は清和《せいわ》天皇の后となった藤原高子《こうし》である。正月の十日ばかりのころ、通い所としていた五条の邸から女がいなくなってしまった。女の居所はわかっていたけれども訪ねていけるようなところではない。男は一年たっても女のことが忘れられず、翌年の梅の盛りに女のもといた邸に出かける。立って見、座って見、ためつすがめつ梅の花を眺めても女と二人でみたときのようには見えない。泣きながら男は月が西の方へかたむくまでそこに倒れ伏して、そうして詠んだ歌。

月やあらぬ春やむかしの春ならぬわが身ひとつはもとの身にして

月はもうむかしの月ではないのか、春はもうむかしの春ではないのだろうか、我が身ひとつは変わらぬままでいるのに、という歌である。二人でみたときと同じ梅の花が咲いている。二人でみたときと同じ月が上っている。二人で過ごしたときと同じ春がめぐってきている。けれども二人でみたときのように梅の花に、月の輝きにうっとりすることがない。二人で過ごしたときのように春はときめく季節ではない。私はかつてと同じようにあの方を愛していてなにも変わっていないのだから、月が、春が変わってしまったのだろうかというのである。この歌が印象的なのは、月も春も昔のままなのに、自分が変わってしまったのだと捉えるのではなくて、自分の気持ちはあれから一年たっても少しも変わらず、あの方を思い続けているのだから、月や春のほうが変化してしまったのではないかと問うているところだ。人間の生命より長くそこにある月が変わってしまったということで、自らの変わらぬ恋情が強調されるわけである。

『源氏物語』の光源氏像には、おそらくこの在原業平像が反映されているだろう。もはや会えなくなってしまった女とのかなわぬ恋は、光源氏の場合、父帝の后である藤壺への思慕である。父帝の愛した女と関係すること自体が問題なのではない。それが生む性たる后であること。そしてその后が源氏の子を産むことが問題なのだ。

それが生まない性であれば話は別だ。例えば、宮中に女房として仕えている源典侍《げんのないしのすけ》に光源氏がちょっかいを出しているのをのぞき見た桐壺帝は、源典侍に笑って言った。「世間では光源氏に好き心がないと気をもんでいるようだが、やはりあなたを見過ごせないのだね」。

源典侍はいま五十七、八歳になっているが、かつて桐壺帝の寵愛を受けていたらしい。その源典侍に光源氏が興味をもったことが父としてうれしいのである。青年盛りの光源氏は頭中将と競うようにして源典侍と性的関係を持つ。この顛末が描かれているのは「紅葉《もみじの》賀《が》」という巻なのだが、この同じ巻のなかで藤壺が光源氏との子を産むのである。表向き天皇が認める性愛として源典侍との恋を描きつつ、天皇および世間への絶対の秘密としての藤壺との関係をひそませている。

桐壺帝は光源氏にまだ赤ん坊の若宮をみせて「子どもたちは大勢いるが、幼い頃を明け暮れみてきたのはあなただけだからそう思うのだろう。生まれてきた若宮はあなたにそっくりだ。小さな子というのはみんなこうしたものなのかしらね」と語りかけている。藤壺との関係を知っていて許しているかのようにも見えるこの設定から谷崎潤一郎は『夢《ゆめ》の浮《うき》橋《はし》』という作品を書いた。母の死後、後妻に入った女と関係を持った主人公の手記の体裁で書かれた『夢の浮橋』では、父親は後妻に入った女を息子に添い寝させて、いわば縁結びを自ら行ったかのように描かれている。

たしかに藤壺が宮中に入内してきたとき、桐壺帝は藤壺に「他人行儀にしないであげておくれ。不思議なほどこの子の母親のようにみえてしまう。無礼だと思わずにどうぞかわいがってあげておくれ。顔つき、目元がほんとうによく似ていて親子のようにみえるのですから」と語りかけ、光源氏と睦《むつ》まじく触れ合うことを積極的に許したのである。だから谷崎潤一郎は、それは桐壺帝のせいだともいえると考えたわけである。

天皇が藤壺と光源氏の仲をとりもったかのように書かれる「桐壺」巻のくだりの最後には、この二人をして「世の人、光君《ひかるきみ》と聞こゆ。藤壺並びたまひて、御おぼえも取りどりなれば、かかやく日の宮と聞こゆ」とまとめられている。世の人々が、二人を「光君」「かかやく日の宮」と並び称したとしている。こうして世に認められた二人が秘かに子をなす。『源氏物語』はそれをあらがえない運命として描くのである。

とはいえ、藤壺は皇后である。一介の女房と関係するのとはわけがちがう。しかも藤壺は桐壺帝が桐壺更衣の代わりとして始終そばにおいて寵愛した人である。光源氏と藤壺との関係は、たとえそれが相思相愛だったとしても秘密の恋にならざるを得ない。光源氏の恋愛遍歴の起点には、この秘せる恋、かなわぬ恋がある。

二重のせつなさについて

ところで、こうした男女の性愛は、男が女の寝所《しんじょ》に入り込まなければ実現しない。それは簡単なことではない。光源氏は宮中に自分の居所を持っていたから、宮中にいることは不思議ではない。しかし宮中での后との逢瀬はあまりにも人目につきすぎる。女たちは、生理になると里邸《さとやしき》へ下がるから、そんなときこそが逢瀬のチャンスとなる。

里邸だからといっても女の居所に、そして寝所に入り込むには、その女の身近くに仕えている女房が手引きしてくれなければ不可能である。まわりの女房たちの目を盗んで、こっそりと男を寝床に呼び入れることができるのは、乳母《めのと》や乳母子《めのとご》(5)のように常にそば近くに仕えている女房だけだ。

第五巻の「若紫《わかむらさき》」巻で藤壺のもとへと光源氏を導き入れたのは王命婦《おうみようぶ》という女房である。光源氏は、夜になると王命婦を訪ねて行って懇願を重ねたと書かれている。それで根負けして藤壺の寝所に案内したわけである。ふつうに考えれば、王命婦と光源氏は性的関係にあるとみるべきだろう。王命婦は光源氏と恋人関係にあるからこそ、同情し肩入れするのである。

女房階級の女たちは、光源氏とどんなに親しんだとしても妻格にはなれない。光源氏の妻格の女君に仕えて、そこでお手つきの女房というかたちで恋人関係になるほかない。現在の一夫一妻制のなかでは、そんな関係はまっぴら御免というところだが、身分違いで妻になることなどとうていのぞめないとしても、光源氏と恋人関係にあるだけで幸せだと感じる女たちも大勢いたのである。『源氏物語』を楽しんで読んだ女房たちもおそらくその口だろう。

葵の上に仕えている中務の君、中将の君などのようにお気に入りの女房は光源氏の寝所に特別に召される人という意味で召人と呼ばれるわけである。女は召人関係にある男のために、それがたとえ他の女に手引きすることであったとしてもなんとかして一肌脱いで願いを叶えてやりたいと思うらしい。恋人が他の女と会うのを手助けするなど一夫一妻制の現在からみると考えにくいことだが、召人にとって自分が仕える女主人と関係をもつようになれば、男はここへ訪ねてくる。そのときにまた会える。だから手引きするのである。

逆に言えば、恋人のためでなければ、叱責され邸を追われる危険を冒してまで、便宜をはかってくれるような奇特な女房はいるまい。『源氏物語』の当時の主要な読者は女房階級にある人たちだったから、たとえば光源氏と藤壺の叶わぬ恋を読みながら、同時に光源氏を心から慕う女房の王命婦の立場にもなって、別の意味で叶わぬ恋にもやきもきと身をこがしていたにちがいない。とりわけ中の品に属した女房階級の読者たちにとって、この二重のせつなさが『源氏物語』の読みどころであった。

第三章　すべては『蜻蛉日記』からはじまった

光源氏のモデルとなったのはだれか——源高明の場合

『源氏物語』はフィクションであって、桐壺《きりつぼ》帝はもとより、光源氏《ひかるげんじ》も実在の人物ではない。そういうわけで光源氏にはきっとモデルがいたはずだとして、『源氏物語』研究では、それを突き止めようとする論がいくつも出ている。古くは、室町時代に四辻善成《よつつじよしなり》が唱えた、源高明《みなもとのたかあきら》説がある。

四辻善成（一三二六～一四〇二）は『源氏物語』の注釈書『河海抄《かかいしょう》』のなかで、『源氏物語』の時代設定は、醍醐《だいご》天皇、朱雀《すざく》天皇、村上《むらかみ》天皇の三代にあたっており、桐壺帝は延喜《えんぎ》、朱雀帝が天慶《てんぎょう》、冷泉《れいぜい》帝が天暦《てんりゃく》に、光源氏は西《にし》の宮左《みやさ》大臣《だいじん》源高明に相当すると述べている。源高明（九一四～九八二）は醍醐天皇皇子《おうじ》で、延喜二十（九二〇）年に七歳で源氏に臣籍《しんせき》降下《こうか》している。村上天皇代（九四六～九六七）に重用され、右《う》大臣《だいじん》にまでのぼり、村上天皇崩御後、冷泉天皇が即位すると左大臣にのぼったが、村上天皇の庇護を失って凋落《ちょうらく》の運命をたどることになる。

冷泉天皇即位の際に東宮《とうぐう》に決まったのは、村上天皇の第五皇子の守平《もりひら》親王、のちの円融《えんゆう》天皇だった。村上天皇第四皇子の為平《ためひら》親王を引き越して、弟の第五皇子が即位したのは、為平親王に入内《じゅだい》していたのが源高明の娘だったからである。東宮位をめぐって源高明が実権をにぎるのは阻止される。さらに源高明失脚の決定打がうたれる。安和《あんな》二（九六九）年に源高明が謀反《むほん》を企てているとして、大宰府《だざいふ》に左遷されたのである。これがいわゆる安和の変《へん》で、源高明は藤原氏との政権争いに敗れ去った。天禄《てんろく》二（九七一）年には都に召還されるが、高明が光源氏のように政界に復帰することはなかった。

『河海抄』では、醍醐天皇代に左遷された源氏という一点において源高明モデル説を推したものの、源高明が色好みであるというエピソードがないので、そこは『伊勢物語《いせものがたり》』に書かれている在原業平《ありわらのなりひら》の二条《にじょう》の后《きさき》との恋愛を映しているのではないかと述べられている。

江戸時代前期に『源氏物語』の古注釈諸説をまとめて『湖月抄《こげつしょう》』を書いた北村季《きたむらき》吟《ぎん》（一六二四～一七〇五）は、光源氏にはさまざまなモデル像が反映されているのだとしてモデルを列挙している。

まず光源氏の光という名は仁明《にんみょう》天皇の皇子で源氏として臣下に下った西三条《にしさんじょう》右大臣の源光《ひかる》を模しているのかもしれないとする。ただし源光は醍醐天皇代に前代の宇多《うだ》天皇に重用されていた菅原道真《すがわらのみちざね》を左遷させた張本人であって順調に昇進するのである。

また『湖月抄』では、美男子を光と立てるのは、広幡《ひろはた》の右大臣藤原顕光《あきみつ》の長子、重家《しげいえ》が天下第一の美男というので光《ひか》る少将《しょうしょう》と呼ばれたことに由来するとしている。当時、道長《みちなが》の猶子《ゆうし》（養子）となっていた村上天皇の皇子致平《むねひら》親王の子源成信《なりのぶ》が照《て》る中将《ちゅうじょう》と呼ばれていて、光る少将、照る中将と並び称されていた。ところが、この二人は一〇〇一年に共に三井寺《みいでら》で出家してしまう。まだ二十代の若さだった。

光源氏が諸芸諸道に優れているというあたりは、嵯峨《さが》天皇の皇子で源氏に臣籍降下した北辺《きたのべ》の左大臣源信《まこと》の面影があるという。『今昔物語《こんじゃくものがたり》』巻第二十四(1)「北辺大臣長谷雄中納言語《きたのへのおとどはせをのちうなごんのこと》第一」には、管弦の道にすぐれている源信が、夜もすがら箏《そう》の琴を弾いていると、暁方に身の丈《たけ》一尺ばかりの天人《てんにん》が二、三人やってきて光を放ちながら舞い踊っているのをみたという話が載っている。天人まで感動させる腕前だというあたりが、光源氏の才能に重なるというのだろう。

『湖月抄』もまた、光源氏が左遷されたのは源高明の例によるとしている。高明も光源氏同様、元服前に源氏の姓を賜《たまわ》ったし、更衣腹《こういばら》の生まれだという点でも似ているのだという。源高明の母親は源周子《しゅうし》で醍醐天皇に更衣として入内している。

『湖月抄』はさらに光源氏が須磨《すま》の浦《うら》に蟄居《ちっきょ》したのは在原行平中納言《ゆきひらちゅうなごん》に似ていて、色好みのところは在原業平と二条の后との密通のことをかけているとしている。

源融の場合

現在、京都市では、光源氏のモデルの一人とされる源融《となる》の邸宅、河原院《かわらのいん》跡を史跡としている。源融（八二二〜八九五）は、嵯峨天皇の皇子で臣籍降下されて源氏となった人である。嵯峨天皇の御子《みこ》たちは大量に臣籍降下されていて、源氏は嵯峨天皇の子たちにはじまる。そのはじまりの源氏のなかに源融はいる。

『伊勢物語』にも源融の邸《やしき》について書かれた一段がある。源融は「賀茂《かも》河のほとりに、六条わたりに、家をいとおもしろく造りて」住んでいる。十月末の菊の花がうつろいながらも盛りで、紅葉がさまざまの色合いでみえるころ、親王たちがやってきて酒を酌み交わし、夜が明けゆくほどに庭を愛《め》でて歌を詠み合った。皆が詠み終えたころ、床下に住み着いていた乞食翁《こじきおきな》が詠んだ歌。

塩竈《しほがま》にいつか来にけむ朝なぎに釣《つり》する船はここによらなむ

寝ているあいだの知らぬ間に塩竈に来てしまったのでしょうか、朝凪《あさなぎ》のなかで釣りする船はここに漕ぎ寄せてくるでしょう、という歌である。実際、塩竈というのは陸奥国《むつのくに》にある名所で、源融が地方官として陸奥出羽按察使《むつでわのあぜち》に任ぜられていたときにみた景色である。その景色を都でも楽しめるように源融は庭に塩竈の景《けい》をつくっていたのだという。あれあれ、ほんとうの塩竈に来てしまったようだ、と爺が寝ぼけてみせる歌で、その庭の本物らしさを讃《たた》えたわけである。

この邸が、光源氏が造営する六条院《ろくじょういん》のモデルになっているという説がある。とはいえ光源氏の六条院に塩竈があるという話はないし、六条院は四つに分けたそれぞれを春夏秋冬にあてて造ったということになっているのでまったく別のもののようにもみえるが、このとき世に知られていた河原院の豪華さがなんらかのかたちで引用されているとみるのは妥当なことだろう。

源融説は邸のモデルにとどまらない。源融の造形はすでに『伊勢物語』に色好みの模範としてでてきており、在原業平の造形にかかわっているのである。『伊勢物語』の初段におかれている「初冠《ういこうぶり》」の段は、源融の歌に倣《なら》って在原業平が詠んだ歌ではじまる。元服したばかりの業平とおぼしき男が、まだ遷都したての京の都から、かつての都であった奈良へと出向き、そこの女に詠みかけた歌である。男は着ていた狩衣《かりぎぬ》の裾を切り取ってそれに歌を書きつけた。

　春日野《かすがの》の若紫《わかむらさき》のすりごろもしのぶの乱れかぎりしられず

　あなたへの忍ぶ恋で心が限りもなく乱れています、という歌。男の着ていた衣は信夫《しのぶ》摺《ず》りという布なので、しのぶの乱れと掛けている。『伊勢物語』では、これは源融の詠んだ歌をもじっているのだと付け加え、昔の人はこんなにも雅びだったのだと範を示す。その源融の歌。

　　みちのくのしのぶもぢずりたれゆゑに乱れそめにしわれならなくに

　源融といえば陸奥国である。陸奥の「しのぶもぢずり」ではないが、自分とは思われないほどにあなたのせいで心が乱れるのです、という歌。この歌を踏まえて、業平は信夫摺りの衣を切り取って心の乱れを訴えたというわけだ。こうした過去作の歌を引用してあらたな歌へとつないでいくのが雅びの基本なのである。とすると、光源氏像は、この色好みの業平像を経由して、そこに流れている源融像をも引用しているということになるだろう。逆に言えば源融説は業平の物語あってこそだともいえるかもしれない。

光源氏のモデルとしての兼家

光源氏のモデルには、紫式部《むらさきしきぶ》に『源氏物語』を書かせたパトロンたる藤原道長の名もあがっている。たしかに道長の栄華は晩年の光源氏像を思わせる。しかし政界における道長の道程は終始、順風満帆だったのであり、左遷されて帰還したなどという後ろ暗い過去はなかった。左遷されたという意味では、むしろ道長に排斥されて大宰府に送られた中宮定《ちゅうぐうてい》子《し》の兄、藤原伊周《これちか》像が光源氏に近い。しかし伊周はのちに政界に復帰はするが華々しく成功することはなかった。

その意味で、光源氏像にもっとも似ている人生を送ったのは、道長ではなくて、道長の父、兼家《かねいえ》のほうである。藤原兼家（九二九〜九九〇）は、藤原師輔《もろすけ》（九〇八〜九六〇）の三男で、同母兄に、長男伊尹《これただ》（九二四〜九七二）、次男兼通《かねみち》（九二五〜九七七）がいる。同母姉に村上天皇に入内した中宮安子《あんし》（九二七〜九六四）がおり、安子は冷泉天皇、為平親王、円融天皇の母となり、外祖父《がいそふ》として父親の師輔は政界に君臨した。師輔が五十二歳で亡くなると、長男の伊尹が父を継ぎ、太政《だじょう》大臣にまでのぼった。ところが伊尹が四十九歳で亡くなると、その後継に兼家の名があがるのである。兄弟の順でいえば兼通が継ぐのが順当だが、兼家のほうが先に出世していたのである。

『大鏡《おおかがみ》』によると安和二（九六九）年の正月の昇進で兼家はすでに中納言《ちゅうなごん》にのぼっていたのに対し、兼通は宰相《さいしょう》（参議《さんぎ》）にすぎなかった。兼通の息子が源高明の娘に婿入りしていることもあって源高明排斥の煽《あお》りを食らっていたのだろうか。そもそも父親の師輔が源高明を娘の婿として迎えていたのだから兼通が高明と関係を持つのは不思議なことではなかった。師輔の死後に形勢が一変したのであろう。

　ところが天禄《てんろく》三（九七二）年に摂政《せっしょう》、太政大臣の伊尹が亡くなると兼通は起死回生の一手にでて、関白《かんぱく》となり、ひとっとびに内大臣《ないだいじん》にのぼるのである。『大鏡』は兼通らの妹で円融天皇の母であった安子に「関白は年上の兄からつかせ、まちがってもそれを破るな」（関白をば、次第のままにせさせたまへ。ゆめゆめ違《たが》へさせたまふな）と書かせ、それをお守りのように首からかけて年来持ち歩いていたのだと書く。天延《てんえん》二（九七四）年、兼通は安子の遺言どおりに太政大臣にのぼり関白として実権を手にした。

　さらに貞元《じょうげん》二（九七七）年に兼通が病いに倒れ、関白と太政大臣を辞するにあたっては、兼家の勢力を封じるために右大将《うだいしょう》をとりあげ、治部卿《じぶきょう》に左遷している。『栄花物語《えいがものがたり》』によると、貞元二年十月十一日に兼通は、兼家から右大将をとりあげ済時《なりとき》を右大将とし、治部卿としたとある。歴代の任官の記録をまとめた『公卿補任《くぎょうぶにん》』によれば、『大鏡』には治部卿とあるが、兼家がそのとき任じられたのは民部卿《みんぶきょう》だと記されている。地方のインフラ整備や徴税の役目をする民部省より雅楽寮《うたりょう》などが付属する治部省のほうがいかにも出世コースからははずれた閑職《かんしょく》という感じがする。兼通は関白に、いとこの頼忠《よりただ》をつかせて兼家の出世の道を封じた。

ところが兼通の死後には、形勢が一変し、翌年貞元《じょうげん》三（九七八）年の除目《じもく》（2）で、兼家は右大臣に任ぜられる。つまり兼家は、一度左遷されたのち、一気に右大臣となり、その後、太政大臣にまでのぼったのである。その意味で、光源氏が須磨に蟄居したのちに政界に返り咲いた姿によく似た経緯をたどっているといえる。

文学史を振り返ってみたときに『蜻蛉日記《かげろうにっき》』の存在はまことに大きい。おそらく『蜻蛉日記』が存在しなければ、『源氏物語』も生まれてはこなかっただろう。『蜻蛉日記』は物語の主題を一新させる力となったのである。それほどに影響力の強い『蜻蛉日記』の主要登場人物は兼家である。

すべては『蜻蛉日記』からはじまった

『蜻蛉日記』は、藤原兼家の何番目かの妻の作である。はじめは熱心な求婚者だった兼家が、やがて関係に飽きたりなくなって、次々に新しい通いどころとなる女たちをみつけていくさまが、待つ女の側から恨みたっぷりに描かれている。作者は藤原道綱母《みちつなのはは》と呼ばれていて、生年はおろか名前さえもわかっていないのだが、兼家との間に息子をもうけている。正妻腹の子ではない道綱にとっては『蜻蛉日記』があることで、兼家の嫡出子《ちゃくしゅつし》としての存在を世に知らしめることができた。

『蜻蛉日記』は、冒頭に、世にある恋愛物語などそらごとばかり、一流の貴公子と婚姻するというのはどういうものなのか、そのほんとうのところを書くと宣言してはじまる。

> こうしてありし日々が過ぎて、いかにも頼りなく、どうにもならずに、いたずらに生きている女がいた。容姿とて人並みでなく、思慮分別があるわけでもないので、こうしてものの役に立たずにいるのももっともではあるものの、ただ寝て起きて暮らすだけのひまひまに、世の中に多くある古《ふる》物語をちょっと読んでみれば、ありきたりの

そらごとばかりではないか。人並みではない私の身の上を書いて日記にしてみたら、それがかえって目新しい読み物にもなるかもしれない。天下一の貴公子との婚姻はどんなものかと問うなら、その一例としてほしい、と思うのだが、過ぎ去った年月の記憶がおぼろげになっているので、なんとかかっこうがつく程度になろうがあやふやなことも多くなってはいる。

物語なんてそらごとばかりだから、私の経験を書くといいながら、どこか物語的書きぶりの冒頭である。『伊勢物語』が「むかし男ありけり」（昔、ある男がいた）ではじまる短編物語集であるのにも似て、『蜻蛉日記』も「かくありし時過ぎて、世の中にいとものはかなく、とにもかくにもつかで、世に経《ふ》る人ありけり」（こうしてありし日々が過ぎて、いかにも頼りなく、どうにもならずに、いたずらに生きている女がいた）という一文ではじまる。

女の書く日記は、男たちが漢文で書く日次記《ひなみき》のように日々の出来事を記録するためのものではなかった。女の書く日記は書き手が主人公となる人生のドラマを語るもので、実在の人物が登場するという意味ではノンフィクションなのだが、読み物としてのおもしろさに応えるために多分に脚色が加えられていて物語的に読めるものだった。

『枕草子《まくらのそうし》』は、春は、かしこきもの、などのように、テーマごとに気の利いたものを列挙する類聚《るいじゅう》章段を持つことであらたな境地を開いたが、中宮定子サロンでの出来事を描いた章段は実録物語風で、その意味で『蜻蛉日記』の後継だともいえる。

『蜻蛉日記』によく似たスタイルで書かれたものに、『更級日記《さらしなにっき》』がある。作者の菅原孝《すがわらのたか》標女《すえのむすめ》が地方官の父とともに関東にいたころから書き起こされ、都に戻ってからの思い出をつづったものである。さらに下って、鎌倉時代に後深草院《ごふかくさいん》に女房として仕え、院の恋人であった二条が恋愛の顛末《てんまつ》を書いた『とはずがたり』がある。

　こうした、実在の人物が自分を主人公に据えて描き出す日記形式は、実在の人物たちの来し方を物語的に描く『栄花物語』などの仮名書きの歴史物語を生み出す契機ともなったにちがいない。

　仮名書きによる歴史物語は、六国史《りっこくし》が途絶えた先に現れた。歴史書は本来、漢文で書かれ、『日本書紀』にはじまって『続日本紀《しょくにほんぎ》』『日本後紀《にほんこうき》』『続日本後紀《しょくにほんこうき》』『日本文徳天皇実録《にほんもんとくてんのうじつろく》』『日本三代実録《にほんさんだいじつろく》』と天皇代を軸に編纂《へんさん》された。最後に編まれた『日本三代実録』は八五八年から八八七年までの清和《せいわ》天皇から光孝《こうこう》天皇までを記録する。

その先を継いだのが仮名物語として書かれた『栄花物語』で、光孝天皇の次代の宇多天皇から語り起こし、六国史を継ぐ意識が明確に示されている。『栄花物語』のいう「栄華」は主に藤原氏のそれであり、より具体的には藤原道長の栄華を讃える目的を持って書かれている。『栄花物語』の作者と比定《ひてい》されているのが、赤染衛門《あかぞめえもん》である。この人は紫式部《むらさきしきぶ》、和泉式部《いずみしきぶ》とともに一条天皇後宮の中宮彰子に仕えた女房といわれている。

おとぎ話から本格小説へ

では『蜻蛉日記』の作者がうそばっかりだと言う物語とはどのようなものだったかというと、わかりやすいのは『落窪物語《おちくぼものがたり》』だろう。『落窪物語』は、継子《ままこ》いじめの物語で、ストーリーとしてはシンデレラによく似ている。いじめられていた姫君が美しい貴公子に救い出されて幸せに暮らすのだ。シンデレラを読む現在の読者たちと同じように当時の読者たちも、こんな物語を読んで、自分も美しい貴公子と結婚したいと夢見たことだろう。しかし『蜻蛉日記』は、そこに待ったをかけるのである。自分も美しい貴公子と結ばれましたが、そのあとが地獄でしたよ、と。

『落窪物語』の貴公子は一途に女主人公を愛し、他の女と浮気することもなく、一夫一妻をつらぬく。しかし一夫多妻、一妻多夫の世である。男は複数の女たちを妻にする。つまりは男は必ず浮気するのである。それが世のならい。兼家の何番目かの妻としては、『落窪物語』なんて、まったくの絵空事だと思わざるを得なかっただろう。どうやら『蜻蛉日記』が出るまで、こうした大人の女の人生のリアルを描いたものはなかったようなのである。だから『蜻蛉日記』は、王子様と結婚するっていうおとぎ話があるけど、結婚したらどうなるの？　というその先が知りたかったら読んでみてね、という序をつけて、女の現実をはじめて書いた。要するに、一夫多妻の婚姻をした女のほんとうの姿をお見せしますというていで、兼家とのやりとりをつづるのである。それは王子様と結婚したからハッピーエンドという子どもだましのおとぎ話とはちがって、女の人生を描く本格小説だった。『蜻蛉日記』が本格小説の走りとして存在したからこそ、『源氏物語』が書かれるわけである。『源氏物語』は光源氏のようななんでもできるスーパーヒーローを主人公とする物語でありながら、大人の女の読み手が満足できる家庭小説でもある。シンデレラなら光源氏のような世にも美しい貴公子と結ばれて物語は終わる。しかし現実にはときめきを失った夫婦の長い人生が続く。『源氏物語』が描くのはまさにシンデレラストーリーのその先の物語である。

同時に『源氏物語』は一条天皇、そして道長をはじめとして大人の男性読者にも広く読まれていたのだが、それは『源氏物語』が男性読者をうならせる政治小説でもあったからである。

『蜻蛉日記』の兼家像

では実際に『蜻蛉日記』にはどのようなことが書かれたのかをみていこう。兼家が作者に求婚してきたのは、いまだ兼家の父親、師輔も存命のときのこと。兼家は若いながらも右兵衛佐《うひょうえのすけ》についていた。兼家が作者にアプローチしてきた背景には、すでにして作者の歌人としての名声が高かったことが考えられるだろう。

物語は兼家が作者に求婚の歌を送ってよこしたところからはじまる。求婚の恋文というのは紙から筆跡からこったものを送ってくるものだが、兼家は悪筆で雑な感じで歌をよこしたとある。歌も率直な詠みぶりである。

音にのみ聞けばかなしなほととぎすこと語らはむと思ふ心あり

ほととぎすの声をうわさにきくばかりではせつないことです。直接お会いして語らいたいと思う心があるのです、という歌。ほととぎすは『古今和歌集《こきんわかしゅう》』の夏歌に多く採られているように、夏の訪れを告げる鳥である。おそらくそのときの季節に合っていたのだと思うが、あまりにありきたりだ。ところが『蜻蛉日記』は、文章に工夫をこらして、兼家の歌を意味のあるものにひきたててみせてやっているのだ。兼家の歌がやってきたとする文章は次のようにある。

　さて、あへなかりしすきごとどものそれはそれとして、柏木《かしわぎ》の木高《こだが》きわたりより、かく言はせむと思ふことありけり。

年頃になった作者のもとにはさまざまな男たちから求愛の手紙がやってきている。実らずに終わったやりとりはおいて、「柏木の木高きわたりより」歌がきた、と書く。

柏木は、『源氏物語』でも頭中将《とうのちゅうじょう》の長男の呼称として出てくるが、この人が柏木と呼ばれるのは彼が衛門督《えもんのかみ》の役職についていたからである。柏木は歌ことばなどでは衛門府をさすとされている。いま兼家は右兵衛佐であるので右衛門《うえもん》府ではなく、兵衛府の役職にあるわけだが、このあたりは左右近衛《このえ》府、左右衛門府、左右兵衛府をまとめて六衛《りくえ》府（3）とするように厳格な区別がないのだろう。

『蜻蛉日記』の作者は、役職から兼家を想起させる「柏木」を引きながら、同時に樹木のイメージと兼家の家柄の高さをかけて、「木高きわたり」といっているわけである。このようにいうことで、木々のあいだをとびまわるほととぎすの姿にうまく接続するようになる。兼家のどちらかというと無骨な歌が、『蜻蛉日記』の作者のこうした作為によってなかなか興《きょう》のあるものにみえてくるようなしかけとなっているのである。作者はあきらかに『蜻蛉日記』の最初に登場する兼家の歌を粋なものにみせて、兼家をいわば持ち上げているのである。この歌に対する作者の返歌も彼の詠みぶりに合わせてシンプルだ。

語らはむ人なき里にほととぎすかひなかるべき声なふるしそ

あなたが語らいたいと思うような人はこの里にはいないので、ほととぎすの鳴き声を甲斐なくたてつづけないでくださいませ、という歌。あなたがお相手にしたいような女などはここにはいませんよという拒絶は、和歌のやりとりの一種のマナーである。反発されてこそ、男はさらに言葉を返すことができるからである。

そこからは、『蜻蛉日記』の作者は女房に代作させて、自分では返歌しないまま、送られ続けた兼家の求愛の歌が四首並ぶ。やがて作者自らが返歌した一組の歌に続いて、「などいふまめ文、通ひ通ひて、いかなるあしたにかありけむ」とあって、物語で男女の仲となったことを示す常套表現である「いったいどうしたことでしょう」風のことばが入って次のやりとりが掲げられる。

夕ぐれのながれくるまを待つほどに涙おほゐの川とこそなれ
思ふことおほゐの川の夕ぐれは心にもあらずなかれこそすれ

夕暮れが流れてやってくるのを待つほどに恋しさゆえの涙が大堰《おおい》川《がわ》になるほど流れているという大袈裟な兼家の歌に、物思いの多い／大堰川の夕暮れは心にもあらず泣けてくるのですと返歌している。兼家の歌にある夕暮れ、流れ、大堰川などのことばをすべて引き受けて息のあった返歌をしているのがわかる。

このあとに「また、三日ばかりの朝《あした》に」と続いて、三日三晩男が通って結婚の儀が正式に成ったことがわかる。

しののめにおきける空は思ほえであやしく露と消えかへりつる
さだめなく消えかへりつる露よりもそらだのめするわれはなになり

あなたと過ごして明け方（しののめ）にせき立てられるように起きてみた空、思いがけず露のように消えてしまいそうでしたという兼家の歌に、消えてしまいそうな露だとあなたはいうけれど、そんなあやふやなあなたの気持ちをそら頼みする私は何だというのでしょう、という返歌である。婿入り婚で、男は夜が更けたころにやってきて夜明け前に去るのがふつうだった。誰が通っているのかを見られないようにするのである。それは一妻多夫で、女が複数の男を出入りさせているからこそのマナーともいえる。明け方に女と別れて帰っていく、そのさまを明け方の空に託した兼家の歌を、そら頼みという、そらの別な用法へと転換しながら、あなたが私を思う以上にあなたを思っていると告白する歌となっている。結婚の儀式を終えた女としては、もうあなたに付いていきますという他ないわけで、いかにも婚儀の後のやりとりである。

『蜻蛉日記』は、兼家と作者の婚儀の顛末を書いているようでいて、実際には高級官僚との恋愛の作法を手ほどきしてみせているものだともいえる。求婚の歌にどんなふうに答えたらいいのか。結婚の儀式のあとの贈答はどんなニュアンスでやりとりしたらいいのか。『蜻蛉日記』は、そんな恋愛、結婚のノウハウを教えてくれる教科書でもあった。それゆえにこそ当時の女たちに読み継がれていたのだろう。

兼家の色好み

『蜻蛉日記』では、二人が婚儀を終えたことを記した直後にしばらく外出していたら、兼家がわざわざそこへ訪ねてきてくれたとあるが、すぐさま雲行きがあやしくなってくる。「しきりて二夜《ふたよ》ばかり見えぬほど、文ばかりある返りごとに」とあって、兼家が文は送ってきたものの、二夜つづけて訪ねてこなかったとある。ただこのときはいまだ新婚気分で、作者はあなたが来なくて悲しいと訴える素直でかわいらしい歌を送っている。

消えかへり露もまだ干《ひ》ぬ袖のうへに今朝《けさ》はしぐるる空もわりなし

夜明けとともに消える露のように消えてしまいそう。会えずに鳴いて濡らした袖がまだ乾かないうちに今朝は時雨空《しぐれぞら》でますます濡れて泣かずにいられない、という歌。

思ひやる心の空になりぬれば今朝はしぐると見ゆるなるらむ

あなたを思いやって心がうつけてしまいそうだったから、それが空にも伝わって今朝は時雨が降るのだね、という歌をすぐさま送ってよこした兼家は、歌を届けた従者が戻る前に自ら訪ねてきた。

また別の雨の日、今日の暮れに行くよ、と兼家が知らせてきたので作者はあなたばかりを頼りに暮らしているのだと歌を送る。

柏木の森の下草くれごとになほたのめとやもるを見る見る

柏木は兼家をさす。その森の下草である私に、暮れごとにあなたが来るのをあてにしていろというのですね、涙があふれてあふれて、という歌。すぐに兼家自らがやってきてその返事は紛らわせてしまったとある。来てくれと甘えると、兼家はやってきてくれる。そんな蜜月を過ごしていたことがわかる。

　道綱が生まれると兼家は誕生の儀なども手厚くしたらしい。ところが、ある日兼家が帰ったあとに文箱を開けてみたら、他の女に送るつもりの歌を見つけてしまうのである。作者はとにもこうにも、見ました、全部知ってます、という印だけでも残そうと、そこに歌を書き込む。

　　うたがはしほかに渡せるふみ見ればここやとだえにならむとすらむ

　うたがわしい、他の女に渡す文を見たので、ここへはもう来なくなるということかと、という歌で、また来てくれなきゃ嫌だ、といいたげなかわいげがある。ところが案の定というべきか、「十月《かんなづき》つごもりがたに、三夜《みよ》しきりて見えぬ時あり」とあって、どうやら新しい女のもとに三夜続けて通ったらしい。ということは、正式な婚礼の儀式をしたことになる。つまりそれはただの浮気だとか通いどころだとかいうのではなく、新しい妻ができたことを意味する。さっそく女房たちが情報を集めてくる。兼家が夕刻、「内裏《だいり》でのっぴきならない用事があって」と言い訳をして出て行ったときにあとをつけさせて、「町の小《こう》路《じ》」なるどこそこに住む女のもとへ行ったということを調べ上げた。

蜜月は早くも終わった。もう作者は完全にすねてしまうのである。二、三日後に兼家が訪ねてきたときには、門をあけさせないで閉め出しをくらわせる。

その後は、ほうらごらんなさい、これが有力貴族と結婚した女の本当の顚末よ、と言わんばかり。まさに序文で宣言したとおりの女の悔しさ、苦悩がつづられるのである。

第四章　女の物語の系譜

『蜻蛉日記』の残したもの

文学史において『蜻蛉日記《かげろうにっき》』が果たした役割は多大である。『源氏物語《げんじものがたり》』に先行する『竹取物語《たけとりものがたり》』のかぐや姫にしろ、『うつほ物語』の女君《おんなぎみ》たちにしろ、一夫多妻婚のなかで嫉妬に苦しんだりはしなかった。というよりむしろ、かぐや姫の物語がそうであるように、読者は女を手に入れようと奮闘する男のさまを読むのであって、当の女がどう思っているかを知ることはできないのだった。かぐや姫はなにを考えているのかさっぱりわからぬと思っていたら月から来た人だったというお話である。

『うつほ物語』にはあて宮求婚譚と呼ばれる、これもまた男たちが女を手に入れようとする話がある。ところがここでも女の思うところというのは和歌のなかに垣間見《かいまみ》られるばかりで、『蜻蛉日記』にあるような女の苦悩などには踏み込んでいかない。男たちが一人の女を求めて競う求婚譚は、『源氏物語』でも玉鬘十帖《たまかずらじゅうじょう》に玉鬘求婚譚として描かれるが、『蜻蛉日記』を経て書かれた『源氏物語』の玉鬘は男たちを比べて吟味するなど、よりリアルな女の内面をみせている。またこの巻々《まきまき》では、父親面して玉鬘の面倒をみながら、その実玉鬘と恋愛関係になることを夢みて揺れる光源氏の姿を冷静にみつめる、正妻の紫《むらさき》の上《うえ》の内面が描かれてもいる。『源氏物語』では、物語の典型としてあった求婚譚を女の視点をも総合して描きなおしているのである。かぐや姫の物語のように人物が記号的なふるまいをする昔物語の世界とは異なって、より立体的に造形された小説的な人物を描いたという意味において、『蜻蛉日記』は画期だったのである。

『源氏物語』よりあとに成立する『更級日記《さらしなにっき》』の作者は、『蜻蛉日記』の作者の姪にあたる。『更級日記』の作者は菅原孝標女《すがわらのたかすえのむすめ》だが、母親は『蜻蛉日記』の作者の父親である藤原倫寧《ともやす》の娘である。孝標女の母親は『蜻蛉日記』の作者と姉妹だということになるが、実際には異母姉妹である。菅原孝標女が『蜻蛉日記』のような作品を書こうとして『更級日記』を書いたことは不思議ではない。日記形式をとって女の人生を描いていて、直接に『蜻蛉日記』の影響下にあることは明らかだ。

紫式部《むらさきしきぶ》とともに中宮彰子《ちゅうぐうしょうし》に仕えた和泉式部《いずみしきぶ》の『和泉式部日記』は、構成においても『蜻蛉日記』の影響を直接に受けているとみえる。『蜻蛉日記』が実在の兼家《かねいえ》とのやりとりを歌を披露しながらかたどっていくように、『和泉式部日記』もまた、敦道《あつみち》親王との恋のはじまりから、盛り上がり、行き違うさまを二人の和歌をとおして表現していくのである。『和泉式部日記』を読んでいると、『蜻蛉日記』をふまえているのではないかと思わせる場面がいくつもでてくる。『蜻蛉日記』の作者は気分が鬱々としてくると物詣《ものもう》でと称してさっさと旅行にでかけていくのだが、そのたびに兼家が文をよこしてきたり、迎えにきたりしている。『和泉式部日記』にも敦道親王との仲がうまくいかなくなると石山寺《いしやまでら》にこもってしまって、遠方から宮が心配して歌を送ってくる場面があり、見捨てられていない、まだまだ愛されていると示すのにかっこうのエピソードになっている。

『蜻蛉日記』で作者は、願掛けに長谷寺《はせでら》へ行き、唐崎《からさき》に祓《はら》えに行き、石山寺にこもり、鳴《なる》滝般若寺《たきはんにゃじ》にこもるなど、幾度も旅に出ている。物詣でにつづられた旅の景もまたその後の女性たちの書き物に影響を与えた。

『更級日記』にも石山寺詣でての旅の景物《けいぶつ》が描かれているのはもちろんのこと、そもそも『更級日記』の冒頭が、父親の任国《にんごく》であった上総国《かずさのくに》から京都に上京してくる道中を描写した旅の記となっている。

『蜻蛉日記』の題の由来

『蜻蛉日記』上巻の最後で作者が願掛けに長谷寺詣でに出かけようとするとき、兼家は大嘗会《だいじょうえ》の前の御禊《ごけい》(1)に娘が出るから、それが終わったら一緒に行こうと誘った。一緒に行こうというのはうれしい誘いのはずである。しかし作者はその前に勝手に出かけてしまうのである。

康保《こうほう》四（九六七）年五月に村上《むらかみ》天皇が亡くなって冷泉《れいぜい》天皇が即位した。服喪を過ぎて翌年の安和《あんな》元（九六八）年十一月に大嘗会を行う。大嘗祭の前には禊《みそぎ》をするのだが、十月に御禊が行われ、兼家の正妻時姫腹《ときひめばら》の娘超子《ちょうし》が女御代《にょうごだい》として出ることになっていたのである。

出かけた先に追いかけて兼家は文をよこした。迎えに行くから帰る日を教えてくれという文であった。作者は帰りはいつだかわからないと冷たく突き返すのだが、結局はせき立てられるようにして早々に参籠《さんろう》を切り上げて帰途についた。道中の中宿り先で一行が饗応歓待《きょうおうかんたい》を受けたのは兼家が頼んでおいたためだろう。宇治《うじ》に辿り着いたころ、とうとう兼家当人が迎えにやってきた。作者は兼家に歌をおくる。

人心うぢの網代《あじろ》にたまさかによるひをだにもたづねけるかな

帰るひを心のうちにかぞへつつ誰《たれ》によりてか網代をもとふ

作者は、あなたの心が冷たいので憂えていた、宇治川の網代にたまさか寄ってかかった氷魚《ひお》を訪ねてきたのですね、と詠みかけた。網代は宇治の景物で、魚を捕る仕掛け網のためにたててある杭《くい》のことである。うぢには「憂し」と「宇治」がかけられている。兼家は、帰る日を心のうちに数えつつ、あなた以外の誰のために網代のある宇治を訪ねたりするものですか、と返歌する。帰る「ひを」、には「日を」と網代にかかる「氷魚」がかけられていて息のぴったりあった返歌である。しかも兼家はあなたを迎えにきたのだよ、とどこまでもやさしいのである。大勢の従者を連れて迎え取られた作者は、正式な妻としての扱いを受けていると感じられたはずだ。兼家の娘が出るという御禊には間に合っている。さまざまな準備を作者も手伝い、車をしたてて見物にもいっている。つづく大嘗会の行列も見物にでかけているのである。

　上巻の最後は、こうして年月はつもっていくけれども、ままならない我が身を嘆くばかりで、迎えた新年も喜ばしいことなどなにもない。むなしいばかりで、あるかなきかの心地のする蜻蛉の日記とでもいうものでしょう、と閉じられている。『蜻蛉日記』の題はここからきているわけである。

　しかし、嘆かわしい、むなしいとばかり書き連ねているが、勝手に長谷寺に出かけてしまった作者を迎えにきてくれて、大嘗祭の行列を兼家の妻として見物するのは晴れがましくも栄えある一幕であるといえる。京の都から自分が消え去ってしまったらそれで男に忘れられてしまうわけではない。夜の訪れがなくなっても気にかけてもらっているという、ちょっとした自慢のようにもみえる。

男を門前払いする歌――和泉式部の場合

『和泉式部日記』には、和泉式部を訪ねてきた敦道親王が門前払いをくらって帰って行ったというエピソードがある。邸《やしき》内の者がみな寝てしまっていて、門をたたく音を聞きつけ開けにいく人がいなかったのである。翌朝に宮が和泉式部に送った歌。

あけざりし真木《まき》の戸口に立ちながらつらき心のためしとぞ見し

開けてくれない真木の戸口に立ちながら、これはあなたの心が冷たいしるしだなと思いました、という歌である。これに対して和泉式部は戸が閉まっていたなら、どうして冷たい心があるとかないとかが見えるというのでしょう、そんなのはわからないはずだと返歌している。

いかでかは真木の戸口をさしながらつらき心のありなしを見む

戸を開けてもらえずに締め出しを食らうことを歌ことばでは真木の戸で表現するのである。夜にやってきた男を締め出す例は『蜻蛉日記』にすでにある。兼家が町の小路《こうじ》の女のところに通っていると知ったあと、作者は夜明け前に訪ねてきた兼家にわざと締め出しをくらわせる。あきらめた兼家がそのあと町の小路の女の家に行き一晩を過ごしたらしいと知った作者は、翌朝悔しくなって歌を送った。

なげきつつひとり寝《ぬ》る夜《よ》のあくるまはいかに久しきものとかは知る

あなたの愛が薄れたことを嘆きながら過ごす独り寝の夜が明けるまでの時間はいかに長いものかと知った、という歌。夜が「明ける」と戸を「開ける」とがかけ言葉になっている。戸を開けるまでの長い時間を待てなかったというわけですねという含意である。兼家は「開けてくれるまで待とうとしたけれど、急に使いの者に呼び出されたから」と言い訳しながら返歌する。

　げにやげに冬の夜《よ》ならぬ真木の戸もおそくあくるはわびしかりけり

　いやいやまったくおっしゃるとおり、冬の夜はなかなか明けないというが真木の戸も遅く開けるというのはわびしいものでした、という歌。冬の夜の「明く」のは遅いというのと真木の戸が「開く」のが遅いがかけ言葉になっているわけである。ここで、締め出されることが真木の戸で表現されている。真木の戸は『古今和歌集《こきんわかしゅう》』などですでに確立した歌ことばではなく、開かずの戸を「真木の戸」と詠むのは兼家歌によってかたちづくられたイメージである。『和泉式部集』に「真木の戸」を読み込んだ歌の作例がいくつかあって、和泉式部は好んでこの歌ことばを使ったらしいことがわかる。

　夜に訪ねてきた男を戸口で追い返すというのはいかにも物語的だ。「真木の戸」を詠みこんだ歌は『紫式部日記』にもあって、そこではなんと紫式部が道長《みちなが》の訪れを故意に追い返したやりとりとして出てくるのである。

紫式部の場合

ある日のこと、道長は『源氏物語』を読んで、こんな恋愛ものを書く女ならさぞや色恋のことがわかっているのだろうから、あなたと関係しないではすまないという戯《ざ》れ歌《うた》を紫式部に寄せた。

すきものと名にし立てれば見る人の折らで過ぐるはあらじとぞ思ふ

懐紙《かいし》のようにして紙の上に梅の実をのせて供してあった。その紙をとって道長はこの歌を書きつけたのである。酸っぱい梅の、「酸きもの」と「好き者」とをかけ言葉にして、その梅の枝を手折《たお》らずにはいられないというのである。紫式部の返歌。

人にまだ折られぬものをたれかこのすきものぞとは口ならしけむ

私は誰にも手折られたことがないというのに、いったい誰が好き者だと言いふらしたのでしょうか、という歌である。

その晩のことだったのだろうか、紫式部が寝ていると戸を叩く音がする。恐ろしくて身じろぎもせずに過ごした朝に、道長が歌を送ってきた。

夜もすがら水鶏《くひな》よりけになくなくぞ真木の戸ぐちにたたきわびつる

戸を叩く音は水鶏がたてる音に似ている。水鶏のように夜通し泣く泣く真木の戸口を叩いてわびしく過ごしたよという歌である。紫式部の返歌。

ただならじとばかりたたく水鶏ゆゑあけてはいかにくやしからまし

ただではおくまいとばかりに熱心に音をたてる水鶏ゆえ、戸を開けてしまったらどんなにか後悔したことでしょう、という歌である。道長を門前払いしたというエピソードにはやはり開かずの戸としての「真木の戸」が詠みこまれているのである。

長歌で訴える

和泉式部は「真木の戸」のやりとりのあとでさらにもう一度、宮が訪ねてきたのに戸を開けなかった夜のことを書いている。有明の月が美しい晩、この月をあの人も眺めているだろうかと宮が和泉式部を訪ねてやってくる。女は眠れずに宮のことを想っているところだった。門を叩いて知らせている音を聞きつけて女は開けさせようとするが、まわりの者たちはぐっすり寝込んでいて、叩き起こしても寝ぼけてあちこちにぶつかったりしている。ようやく見に行った人は「だれもいませんでしたよ。空耳でしょう、夜中に人騒がせな人ですな」などと言ってまた寝てしまった。女は眠れずに筆をとり想いを書きつけている。するとあかつき方に宮から歌が届いた。

秋の夜の有明《ありあけ》の月の入《い》るまでにやすらひかねて帰りにしかな

秋の夜の有明の月が山《やま》の端《は》に沈んで朝になるまで待っているわけにはいかないので帰ってしまいましたよ、という歌である。やはり宮が訪ねてきてくれたのだと知った和泉式部は、いま書いていた長大な文章をすぐに送った。相手に向けて書かれた手紙とは違って、独白体の小説のような趣きの文章で、男のことを想って眠れぬ夜を過ごす女を描写するものである。なかに和歌がちりばめられてもいて自分を主人公とした物語のようでもあり、なるほど『和泉式部日記』はこのようにして書かれたのだということがよくわかる一節でもある。

和泉式部は物語のような文体で思いの丈《たけ》を訴えた。これによく似たやりとりが『蜻蛉日記』にもある。状況は少し違って、『蜻蛉日記』の作者はこのところ兼家が悪びれることなく新しい女のもとへ通うようになって、そのせつない女心を長歌《ちょうか》につづったのである。作者はそれを兼家がやってきたときに目にとまるようにおいておいた。これを見た兼家は、やはり長歌で返した。

長歌というのは、五七五七七の三十一文字でなる短歌に対して、五音と七音とを、五七五七五七と重ねていき最後を七七でしめる長い歌である。五七調はのちに七音からはじまって七五七五と重ねていく七五調に転じ、謡曲や歌舞伎の名セリフとして伝わっているから、現在の感覚ではむしろ短歌より馴染みやすくわかりやすいと感じられるかもしれない。『万葉集《まんようしゅう》』に長歌は多く収められているが、『古今和歌集』では、紀貫之《きのつらゆき》や壬生忠岑《みぶのただみね》、凡《おおし》河内躬《こうちのみ》恒《つね》、女性歌人の伊勢《いせ》などの長歌がわずかに五首、「雑躰歌《ざっていのうた》」として収められるにとどまり、すでにして短歌が優勢になっている。のちにすっかり廃《すた》れてしまうのだが、『蜻蛉日記』の時代にはいまだ長歌を詠む文化が残っていたのであろう。

『大鏡《おおかがみ》』によると、兼家は、右大将《うだいしょう》を奪われ治部卿《じぶきょう》に落とされたときに円融《えんゆう》天皇に不服を訴える長歌を送っている。『拾遺和歌集《しゅういわかしゅう》』は『万葉集』まで遡って勅撰集からもれていた歌を収めており、長歌の部をもうけ、前代の柿本人麿《かきのもとのひとまろ》や源順《したごう》の長歌に加えて、兼家のこの長歌を収めている。長い歌だが、その一端をみてみよう。

あはれ我　五つの宮の　宮人と　その数ならぬ　身をなして　思ひし事は　かけまくも　かしこけれども　頼もしき　蔭に二度《ふたたび》　遅れたる　双葉の草を　吹く風の　あらき方には　あてじとて　せばき袂《たもと》を　ふせぎつつ　塵《ちり》も据《す》ゑじと　みがきては　玉の光を　誰か見む　と思ふ心に　おほけなく　上《かみ》つ枝をば　さし越えて　花咲く春の宮人と　なりし時はは　いかばかり　しげき蔭とか　頼まれし　末の世までと　思ひつつ　九重《ここのかさね》の　その中に　いつき据ゑしも　言出《ことで》しも　誰《たれ》ならなくに　小山田を　人にまかせて　我はただ　袂そほつに　身をなして　二春《ふたはる》三春《みはる》　過《すぐ》しつつ……

（『拾遺和歌集』五七四番歌）

村上天皇の第五皇子《おうじ》、「五《ご》の宮《みや》」である円融天皇が守平《もりひら》親王であった時代、そして東宮《とうぐう》となったときに、兼家は蔵人頭《くろうどのとう》や東宮亮《とうぐうのすけ》など親王や東宮に近い役職についていた、そうして長く仕えてきた縁を述べたてるところから説き伏せているのである。兼家が才たけて長歌を詠める人であったことは、『蜻蛉日記』に作者と交わす長歌があることによって裏付けられている。

物語としての和歌

『和泉式部日記』で作者が敦道親王に送った散文は、ところどころに和歌を織り交ぜていて、まるでそれ自体が物語の文体である。この長文に対して宮は、女の文章のなかにあった和歌に対する返歌として短歌を五首、返している。女の詠んだ歌は四首なので、宮の返歌のうちの一首は文章中のことばを引いて返しているのである。これ自体が、物語の作り方をメタ視点でみせていて興味深いところだ。ともあれ宮が間髪入れずに歌を返してきたというのはあまりに出来過ぎている。ことによると和泉式部の自作自演なのではないか。

そのように考えると、なんといっても和泉式部は当代一の歌詠みだったのであり、『和泉式部日記』の敦道親王との他の歌のやりとりもみな和泉式部による創作だったのではないかという気がしてくる。というのも、『源氏物語』の登場人物の詠んだ和歌はすべて作者、紫式部が登場人物になり代わって創り出した和歌なのであるから、『和泉式部日記』に描かれた恋愛もまた物語として書かれたとすれば、和泉式部が登場人物としての敦道親王の歌を詠んだとしてもおかしくはないからである。

『和泉式部日記』の宮とのやりとりが作者の創作だと考えてみると、『蜻蛉日記』で作者と兼家が交わした和歌もまた、作者が兼家になり代わって詠んだということもあるかもしれないと思えてくる。なにしろ『蜻蛉日記』の作者は宮廷社会で誰もが認めた歌詠みなのである。『蜻蛉日記』には、作者が藤原師尹《もろただ》の五十《ごじゅう》の賀《が》の贈り物として藤原頼忠《よりただ》が用意した屏風《びょうぶ》絵に合わせた和歌を依頼されたことが記されている。ことによれば、兼家が円融天皇に送った長歌にも『蜻蛉日記』の作者の手が入っていたかもしれない。反対に兼家の和歌がすべて兼家の自作だとしたら、それを書き留めた『蜻蛉日記』は兼家の歌集の役割を果たしていることになるだろう。

華やぎを演出する和歌――『蜻蛉日記』と『源氏物語』

兼家の姿は歴史物語たる『大鏡』や『栄花物語《えいがものがたり》』にも描かれてはいるが、兼家が女の前でみせる姿やその男っぷりを描いたものは『蜻蛉日記』をおいて他にない。

たとえば『蜻蛉日記』中巻の冒頭に描かれる、安和《あんな》二（九六九）年の正月の、作者と女房たちが冗談を言い合う華やいだ様子は、『源氏物語』の「初音《はつね》」巻で描かれた六条院《ろくじょういん》の華やぎにも似て物語的である。それぞれみてみよう。

『蜻蛉日記』には、世の人がする言忌《ことい》（2）みをしないでいるから幸薄いのだと言いだした人がいて、女たちが正月らしく寿《ことほ》ぎごとを言い合う場面がある。作者の妹が「もの聞こゆ。天《あめ》地《つち》を袋に縫《ぬ》ひて」と誦じあげる。「天地を袋に縫ひて幸ひを入れてもたれば思ふことなし」という歌をまるで神主が祝詞《のりと》をあげるように言ったのであろう。作者はおかしくなって「さらに、身には、『三十日三十夜《みそかみそよ》はわがもとに』と言はむ」と付け加えた。さらに私には、兼家さまが三十日三十夜やってきますように、と言いましょう、というのである。これは「三十日三十夜はわがもとに入れてもたれば思ふことなし」の引用で、「思ふことなし」つながりで言い合っているわけである。

女たちは笑って「それはほんとうに憂いなしってことになりますね。どうせならこれを書いて兼家さまにお送りしては」とすすめてくる。妹は「それはいいこと。天下《てんげ》の恵方《えほう》にも勝てそう」と笑いながらはしゃいでいる。「天下の恵方」というのは恵方巻きを食べると福が来るなどと考えるのと同じことで、おまじないを想像すればよい。作者はほんとうにそれを書いて、息子に持たせて兼家のところへやった。

正月というのは、有力貴族ともなると人々が次々と挨拶にやってきてその対応に追われて忙しいのである。兼家は「このごろ時の世の中人にて」とあって、この年の二月には中納言に昇進するいまをときめく政界人である。それでも兼家は歌を返してきた。

年ごとにあまれば恋ふる君がためうるふ月《づき》をばおくにやあるらむ

三十日三十夜といっていると足りなくなるから、あなたのために閏月《うるうづき》というのはあるのですね、という歌である。その年は、閏月といって五月が二回あるのだった。現在も閏年を設けて、一年のサイクルを調整しているのと同じように、平安時代には閏月を設けて五月を二回やったりすることがあった。かつまた一月《ひとつき》が二十九日で終わるときもあり、三十日ない月があったので、このように返したのだろう。気の利いた返歌である。

『源氏物語』では、光源氏が六条院と呼ばれる大邸宅に移り住んではじめて迎えた正月の晴々しい賑わいが描かれている。「玉鬘」巻で光源氏は六条院と二条東院《にじょうとういん》に呼び寄せた女君たちに正月に着る晴れ着を配った。つづく「初音」の巻で、光源氏は正月にそれを着た女君たちを一人一人訪ねて行くのである。

紫の上の居所で源氏の住まうところとなっている春の町の庭には梅の花が咲き、まるで「生ける仏の御国《みくに》」のようだと書かれている。極楽もかくやという美しさだというのだ。女たちは正月の長寿を祝う儀式、「歯固めの祝ひ」をしている。「齢」の字に歯が含まれているので大根や瓜、煮鮎、猪、鹿など歯ごたえのあるものを食すらしい。女たちは鏡餅を前に年頭の祝い言《ごと》を言い合ってさざめいている。そこへ源氏がやってきた。女たちは「みっともないところをお見せしてしまった」とあわてる。源氏は笑って、「ずいぶんとたいそうな祝《ことほ》い言だね。みなそれぞれにお願い事があるのでしょう。少し聞かせてくださいな。私が寿ぎしてあげよう」と言う。源氏と恋人関係にある召人《めしうど》の中将《ちゅうじょう》の君《きみ》は、『かねてぞ見ゆる』と言っていたところです。私の祈りなどはなにばかりのこともありません」と答えた。これは「近江《あふみ》のや鏡の山を立てたればかねてぞ見ゆる君が千《ち》歳《とせ》は」という『古今和歌集』の大伴黒主《おおとものくろぬし》の歌である。近江国《おうみのくに》に鏡の山を立てたのでいまからわが君の千年の栄えがそこに映ってみえていますという歌。この歌を引くことで光源氏の千歳にも及ぶ繁栄を予祝《よしゅく》したのである。『蜻蛉日記』のなかでとびきりに明るい、女たちがじゃれあう場面とよく似た明るさがある。

政治的手段としての文学

あらためて、なぜ『蜻蛉日記』は書かれ、世に出たのだろうか。一般に、『蜻蛉日記』は男が通ってこなくなって嫉妬し鬱々と過ごす女の一生を書いたものとみられている。事実そういう側面もあるのだが、一方で、作者が苦悩すればするほど、兼家の色好みぶり、男ぶりが強調されることになる。かつまた兼家とのあいだに生まれた道綱《みちつな》の存在を兼家との関係において確固たるものにしているのも『蜻蛉日記』なのである。日記の最後には道綱と八橋《やつはし》の女《おんな》とがやりとりした和歌を並べ、『伊勢物語《いせものがたり》』の主人公のような趣きで道綱を色好みの男に仕立て上げている。

兼家は攻防戦のなか、たびたび政界からはじかれていた。兼家が応和《おうわ》二（九六二）年少納言《しょうなごん》を解任されて兵部大輔《ひょうぶのたいふ》となったとき、『蜻蛉日記』はそれを兼家があちこちに出歩くことがなくなって久しぶりに共に過ごすことができた喜ばしい記事として書いている。不貞腐《ふてくさ》れて内裏《だいり》にも参上しないまま二、三日が経ったころ兵部卿宮《ひょうぶきょうのみや》の章明《のりあきら》親王から歌が送られてきて、糸の縁語をめぐって機知に富んだやりとりがある。

　みだれ糸のつかさひとつになりてしもくることのなど絶えにたるらむ

章明親王と同じ官職についたというのにどうして来ることが絶えたのでしょうか、という歌で、つかさに「束ねる」「司」が、くるには糸を「繰る」と「来る」がかけられている。

　絶ゆといへばいとぞ悲しき君によりおなじつかさにくるかひもなく

兼家は、同じ司となっても甲斐がないという言い方で昇進の道が途絶えたことを憂えている。これに対して章明親王は、催馬楽《さいばら》(3)の「夏引」を引用しながら、多くの妻がいてその訪問で忙しいのであろうと話を兼家の色好みにずらして歌を送ってきた。催馬楽の「夏引」は次のように男女が掛け合いでうたう歌。

　夏引《なつひき》の　白糸《しらいと》　七量《ななはかり》あり　さ衣《ごろも》に　織りても着せむ　汝妻《ましめ》離れよ

頑《かたくな》に　もの言ふ女《をみな》かな　な　汝《まし》麻衣《あさぎぬ》も　我が妻《め》の如く　袂よく　着よく肩《かあた》よく
小領《こくび》安らに　汝《まし》着せめかも
縫《ぬ》ひ着せめかも

「夏引きの生糸が七量もある、これを衣に織って着せてあげるから、あなた妻と別れてよ」「頑なな女だな　麻衣も　うちの妻のように袂よく、着やすく肩のぐあいもよく襟ぐりのゆったりとしたのを　着せられるのかい　縫えるのかい」といったやりとりで、奥さんと別れろと女が言うのに男が答える寸法。これを引用した章明親王の歌。

夏引のいとことわりやふためみめよりありくまにほどのふるかも

ふためみめには、「二妻三妻」と衣の縫い目の「二目三目」がかけられていて、なるほど、二、三の女を渡り歩くあいだに時が経ってしまったのですね、というのである。これに対して兼家は催馬楽では「七量」といっているのを引っ張ってきて次の返歌を送る。

　七ばかりありもこそすれ夏引のいとまやはなきひとめふために

七人ばかりの妻がいるというのに、どうして一人二人で暇がなくなったりしましょうか、という歌。兼家が勤めに出ないことが、政治的な理由ではなく、色好みだからだとからかう歌のやりとりで彩られているのである。

不遇のときを書かない『蜻蛉日記』

『蜻蛉日記』が世に出たのがいつのことなのかはわかっていないが、ここに記された記録は、天延二（九七四）年の暮れの記事までで終えられている。その後、貞元《じょうげん》二（九七七）年十月十一日に右大将をとりあげられ治部卿に落とされ、その年の十一月八日に五十三歳で兼通《かねみち》が没し、翌年の貞元三（九七八）年十月二日の除目《じもく》で右大臣に任じられるまで、『栄花物語』によれば兼家の一家は子息もろとも東三条《とうさんじょう》の邸《やしき》にひきこもって世の不条理にむせび泣いていた。

　この兼家の不遇の一年を『蜻蛉日記』は書かない。したがって『大鏡』が記録する治部卿左遷を不服として円融天皇に奏上《そうじょう》した長歌も『蜻蛉日記』には書かれなかった。

それどころか、『蜻蛉日記』では兼通が作者に言い寄ってきたエピソードまで披露しているのである。『蜻蛉日記』の作者は、源兼忠《かねただ》の娘が産んだ兼家の娘を引き取ることに決めた。十二、三歳になっている娘は兼家に忘れられて母親と志賀の麓《ふもと》に住んでいた。ちっとも顔を見せないくせに、ちょうど娘を引き取ったころに兼家は作者を訪ねてやってきた。我が娘だと知って兼家は感激し、それ以後、気にかけてくれるようになった。やがて噂を聞きつけた兼家の弟にあたる右馬頭《うまのかみ》の遠度《とおのり》が娘に求婚してくる。兼家の判断に任せると何度もいいながら作者が遠度と歌のやりとりをしていたことで、兼家から作者が遠度を気に入ってちやほやしていると噂があるという文が届く。娘の婿というより作者自身が若い遠度を気に入っているのではないかというあてこすりに作者は歌で返す。

いまさらにいかなる駒かなつくべきすさめぬ草とのがれにし身を

ここには『古今和歌集』の「大荒木《おほあらき》の森の下草老いぬれば駒もすさめず刈る人もなし」という歌がふまえられている。すっかり年老いてしまった大荒木の森の下草の私は馬も喜んで食べやしないし、人も刈りにこない、誰も興味をもちやしないという歌である。作者は、誰にも愛されない草だと世から逃れた身の私をいまさらどんな馬がなついてくるというのでしょう、という。遠度が右馬頭なので馬がなつくとしゃれをいったわけである。この歌がどういうわけか兼通に漏れたらしく、太政《だじょう》大臣兼通から枯れたすすきに陸奥紙《みちのくにがみ》を結び文にした歌が届いた。

霜枯れの草のゆかりぞあはれなるこまがへりてもなつけてしがな

弟の妻としてゆかりのあるあなたをお気の毒に思います、同じく霜枯れの草のような私ですが若返ってあなたになじんでみたいものです、という歌である。若返るをこまがへるといって駒を詠み込んでいる。時の権力者の兼通からの歌に作者の父親の倫寧はすぐに返歌するように促す。

ささわけばあれこそまさめ草枯れの駒なつくべき森の下かは

笹分けて近づくといってもますます荒れまさり、離れていくばかりでしょう、草枯れの森の下には駒がなつくはずもなく、という歌。「あれこそまさめ」には「荒れ」と「離《あ》れ」がかけられている。兼通はこの歌に返歌をしようとしたのだが、下の句が思いつかないと言っていたのだとか。そんなことを人伝《ひとづ》てに聞いておかしく思ったと書かれている。兼家なら作者といくらでも歌の応酬ができるのに、兼通にはその才がないといっているかのようなエピソードである。

ちなみにこのやりとりは『源氏物語』の若き青年時代の光源氏が五十七、八歳の源典《げんのないしの》侍《すけ》と交わす歌に引き継がれている。

君し来《こ》ば手《た》なれの駒《こま》に刈《か》り飼《か》はむさかり過ぎたる下葉《したば》なりとも

笹分けば人や咎《とが》めむいつとなく駒なつくめる森の木隠《こがく》れ

源典侍は盛りを過ぎた下葉ではありますが、あなたが来れば手なれの馬にお与えします、という老いをものともしない誘う歌を詠みかける。光源氏は、笹を分けてあなたに近づけばそこにはすでになついている馬がいるようですから人に咎《とが》められましょう、と返した。「ささわけば（笹分けば）」と「駒なつく」を詠み込んだところが『蜻蛉日記』の歌と光源氏の歌に共通する。

兼家の不遇を描かないどころか、『蜻蛉日記』下巻では、「かくてまた明けぬれば、天禄《てんろく》三年といふめり」とわざわざ年紀を記して、「司召《つかさめし》、二十五日に、大納言《だいなごん》になどののしれど」と兼家が大納言にのぼりお祝いを言ってくる人がいることを書いている。作者はそれを兼家が遠のくばかりで少しもうれしくない、と書く。

その年の閏二月、紅梅の咲き誇るなか『蜻蛉日記』の作者のもとを兼家が訪れた。作者は、車を降りて庭から歩みよる兼家の姿をまるで物語の貴公子がやってきたかのように描写する。

紅梅のただいま盛りなる下《した》よりさし歩みたるに、似げなうもあるまじう、うちあげつつ、「あなおもしろ」と言ひつつ歩み上《のぼ》りぬ。

兼家は紅梅の情趣《じょうしゅ》にぴったりあった風情で「あなおもしろ」と唄いながらやってきた。作者はその兼家とじゃれあうようにことばを交わすさまを記す。

あるいは、その翌年の紅梅の花盛りに兼家が作者のもとに車で乗りつけたとき、作者は昼間のことと老いてみっともない姿を見せることになるのがつらいと書きつつ、におうばかりの桜襲《さくらがさね》(4)の綾《あや》にこぼれるばかりの浮紋《うきもん》の下襲《したがさね》(5)、固く織った袴《はかま》のつやつやとしたのを身に着けている兼家の美々しい姿を活写している。『蜻蛉日記』のなかの兼家は確実に昇進していく過程にあり、あくまでもきらきらしい。不遇のときを書かない『蜻蛉日記』は、兼家が太政大臣《だじょうだいじん》、摂政《せっしょう》へとのぼってゆくことの正統性を確かなものにしているのである。

歴史物語の兼家像

『日本書紀』にはじまる天皇代を編年体《へんねんたい》でつづった漢文の歴史書は『日本三代実録《にほんさんだいじつろく》』の光《こう》孝《こう》天皇までの仁和《にんな》三（八八七）年で途切れている。『栄花物語』や『大鏡』はその後を継ぐ目的で書かれている。いずれも仮名文で歴史をつづるが六国史《りっこくし》のように天皇の歴史を書くのではない。いずれも歴史の中核には藤原摂関家がおかれている。仮名書きの歴史物語は藤原摂関家が書かせたものなのである。藤原冬嗣《ふゆつぐ》からはじめて『大鏡』の最後を飾るのは道長である。つまり道長の、栄華に上りつめるまでを描いたということになる。それは漢文の歴史書として書かれた公式な記録ではなく、広く女たちにも読まれる物語でなければならなかった。

『大鏡』には『蜻蛉日記』の存在が記録されている。兼家の次男にあたる道綱の母親は「きはめたる和歌の上手」であって、兼家と交わした「歌など書き集めて、『かげろふの日《に》記《き》』と名づけて、世にひろめたまへり」と語る。『大鏡』にとって『蜻蛉日記』は、女の悲哀を描くものではなく、あくまでも兼家の歌集なのである。しかしおもしろいことに『大鏡』がとっておきのやりとりとしてここに引用するのは、作者が兼家に門前払いをくらわせた「真木の戸」を詠んだ歌なのである。

『蜻蛉日記』には描かれることのなかった、兼家が花山《かざん》天皇を出家に追いやった張本人だという記述があるのも『大鏡』の特徴である。『大鏡』によると、花山天皇は最愛の弘徽殿《こきでんの》女御《にょうご》（為光《ためみつの》女《むすめ》忯子《しし》）が懐妊したものの亡くなってしまったことで悲嘆に暮れ、忯子の後世を弔《とむら》うという名目で、ある晩、花山寺《かざんじ》に赴き出家したのである。花山天皇出家には兼家の三男の道兼《みちかね》が同道《どうどう》しているのだが、花山天皇が月が明るすぎると躊躇《ちゅうちょ》すると「もういまさら後戻りはできないのです。神璽《しんし》、宝剣はすでに東宮のもとへ渡ってしまったのですから」と言ったと書かれている。天皇のしるしであるいわゆる三種の神器《じんぎ》を花山天皇出家の前にすでに東宮のもとへおくってしまっていたとされていることがわかる。このとき東宮についているのは、のちの一条《いちじょう》天皇である。

花山寺に到着すると道兼はいまいちど落飾《らくしょく》する前の姿を父に見せて来るといって去っていった。花山天皇は「朕《われ》をば謀《はか》るなりけり」（わたしを騙したのだな）と言って泣いたとある。一方、兼家は、万が一にも我が息子が共に出家してしまったりしないように、さるべき人々、屈強な源氏の武者を寺に送りこみ、一尺ばかりの刀を抜いて待機させたとあり、花山天皇出家の首謀者が兼家であることがはっきりと示されている。この寛和《かんな》の変《へん》と呼ばれた政変を経て、一条天皇はわずか七歳で即位する。一条天皇こそが、中宮定子《ちゅうぐうていし》と中宮彰子が入内《じゅだい》し、清少納言《せいしょうなごん》、紫式部を生み出した時代の中核にいる人である。

兼家と光源氏

さて、一条天皇が即位すると東宮には花山天皇の弟ののちの三条《さんじょう》天皇がついた。花山天皇、三条天皇には、為尊《ためたか》親王と敦道親王という弟がいる。和泉式部が恋愛した二人である。『和泉式部日記』は恋人だった為尊親王の死後、敦道親王と恋人関係になっていく過程を描いた恋の歌物語である。『大鏡』は敦道親王と和泉式部が連れ立って車で祭見物に出かけたエピソードを紹介し、敦道親王との恋愛という『和泉式部日記』の読者には周知の情報を挙げてさえいる。『大鏡』は、女たちの書いた物語の読者に目配せしながら書かれているのである。

『大鏡』によると、兼家が権勢を恣《ほしいまま》にした晩年には、東三条《とうさんじょう》の邸の西《にし》の対《たい》を内裏《だいり》の清涼《せいりょう》殿《でん》のように設《しつら》えて住まい、それを人々は目にあまるとみていたとある。このあたり『源氏物語』でいちど官職を解かれて須磨《すま》への蟄居を余儀なくされた光源氏が都に帰還したのち、六条院とよばれる邸を造営して内裏に勝るとも劣らない豪奢《ごうしゃ》な暮らしをしたイメージに似ている。『源氏物語』の光源氏のモデルと目されている道長よりもずっとその父兼家のほうが光源氏像に近い。その兼家像とて策略家であった実在の兼家を直接に引いているというわけではない。『蜻蛉日記』に描かれた兼家像こそが大きく影響しているのである。

『伊勢物語』の業平《なりひら》像しかり、こうした物語の男たちのなかから光源氏は生み出されたのにちがいない。物語のヒーローはやはり物語のなかから生まれたのである。

第五章　呪いと祈禱と運命と

占いにたよる兼家

兼家《かねいえ》の栄華の裏づけとして『大鏡《おおかがみ》』が記録するのは夢告《むこく》つまり夢による予言の実現である。兼通《かねみち》が兼家を左遷に追い込んだとき、兼通邸の堀河院《ほりかわいん》から矢を東に向かって射たところ、兼家邸である東三条殿《とうさんじょうどの》にみな落ちた夢をみた人がいた。不吉な夢のようで、兼家は夢《ゆめ》解《と》きを呼んで占ってもらった。するとこれは非常によい夢なのだという。権勢が兼家のほうに移って兼通にすり寄っていた人々がみなこちらにやってくるという予知夢だという。その予言が実現したことを『大鏡』は告げている。

『蜻蛉日記《かげろうにっき》』にはさまざまな夢告が書き込まれている。なかでも石山寺《いしやまでら》で得た夢告が重要だ。石山寺の来歴と霊験《れいげん》を説く「石山寺縁起《いしやまでらえんぎ》絵《え》巻《まき》」には『蜻蛉日記』をはじめ『更級日記《さらしなにっき》』に書かれている石山詣《もう》でが引用されている。石山寺は夢を授けてくれる寺なのである。

「石山寺縁起絵巻」が引く『蜻蛉日記』の夢は、石山寺の別当《べっとう》とおぼしき法師が、銚子に水を入れて持ってきて作者の右の膝にかけた夢である。それがなにを意味するのかはわかっていないが、天禄《てんろく》三（九七二）年二月十七日にかねてから祈禱《きとう》を依頼していた石山寺の法師から夢をみたので夢解きに占わせるように言ってきたとあって、これが明らかな吉夢《きちむ》なのである。法師は、作者が袖に月と日とを受けて、月を足の下に踏み、日を胸にあてて抱いている夢をみたという。夢解きは、その夢を帝《みかど》をわがままに動かし、思う通りの政《まつりごと》をすると解いた。これはむろん、兼家の未来を予言する夢である。

女房《にょうぼう》の一人がこの邸《やしき》の門を四脚門《よつあしもん》にする夢をみたと告げると、夢解きは、この家から大臣公卿《くぎょう》が出ると解く。また作者が、右の足の裏に大臣門という文字を書きつけられたので驚いて足を引っ込めた夢をみたといえば、これもまた同じことで大臣が出る夢告だというのだった。いずれも夫兼家ではなく息子の道綱《みちつな》の未来を予言する夢である。

この夢告のあと、作者は兼家が源兼忠《かねただ》の娘に産ませた女君《おんなぎみ》を養女として引き取って手元で育てるようになる。このときの母娘の別れを想像し、母を思いやる気持ちをつづっているあたりは、のちに『源氏物語《げんじものがたり》』で、光源氏《ひかるげんじ》が明石《あかし》の君《きみ》に産ませた子を紫《むらさき》の上《うえ》のもとで育てるにあたって母娘を引き裂いたくだりに援用されている。明石の姫君《ひめぎみ》はのちに入内《じゅだい》して中宮となり、次代の天皇を産んで国母《こくも》となるのだが、この栄華の道は、明石の君の父、明石入道《あかしのにゅうどう》がみた夢で予言されていたことだった。明石の姫君が男児を産んだときいて、明石入道が明石の君に手紙を送ってきた。そこには明石の君が生まれる年の二月の夜にみた夢がつづられていた。わざわざ二月としているのも『蜻蛉日記』の吉夢の日付を想起させる。明石入道の夢は次のようなものだった。

自らが須弥山《しゅみせん》を右手にかかげ、山の左右から月、日の光がさやかにさし出して世を照らしている。山の下の陰に隠れていて自分にはその光は当たっていない。やがて山を広い海に浮かべておいて、自分は小さい舟に乗って西の方をめざして漕《こ》ぎ行くという夢。月は明石の姫君が中宮となること、日は明石中宮が天皇を産むこととして実現する、これは夢告なのである。明石入道は明石の姫君が男児を産んではじめてこの夢を語った。

『蜻蛉日記』が天禄二（九七一）年四月二十日のこととして記録する夢がある。長精進《ながしょうじん》(1)をしていて見た夢である。自分が髪を切り落として尼姿になった夢、その後、七、八日ほどして腹の中に蛇がいて肝《きも》を食べている、これを治すためには顔を水ですすげばいいという夢をみた。その夢の示すことの吉凶はわからないが、ここに記しておくのは、作者の身の果てを見届けた人が、夢や仏を信心するかどうかを決めればいいと思うからだと書いている。

それに対して、兼家の未来を予言する吉夢は夢解きにくれぐれも口止めをして秘しているのだった。夢が実現するまでは、その夢は明かしてはならないのだとすると、『蜻蛉日記』においては、すでに兼家が摂政《せっしょう》、太政《だじょう》大臣へと上り詰めるのがみとおされていたということになるだろうか。兼家が摂政となるのは寛和《かんな》二（九八六）年、娘詮子《せんし》が産んだ男児が一条《いちじょう》天皇として即位したときである。

歌詠みの力と運命を見る力

あるいは『蜻蛉日記』には、同じく天禄三（九七二）年八月十一日に、兼家が「思いがけない夢をみた。ともかくも」と言ってきたことが書かれている。ここには脱文があるらしく、兼家の夢は語られないのである。ともあれ、それにつづく記述で、兼家は「などか、ものも言はれぬ」（なぜ、なにも言わないのだ）、「などか来《こ》ぬ、問はぬ、憎し、あからしとて、打ちも抓《つ》みもしたまへかし」（なぜ来ない、便りをくれない、憎い、哀しいというなら打《ぶ》ったりつねったりしたらいいじゃないか）といってきたとある。兼家と作者とを結びつけていたのには、作者が予知夢をみてしまう人だったこともあったのではないか。

というのも『大鏡』には、兼家が不遇をかこっていた頃、市井の巫女を自邸に連れ込んでいたことが語られている。その頃、賀茂《かも》神社の若宮が憑《つ》いていて託宣《たくせん》(2)をする巫女《みこ》がいて、臥《ふ》してものを言うので「うち臥しの巫女」と呼ばれていた。兼家はその人を自邸に召して常に占ってもらっていたのだと語られている。この話はよく知られた話だったらしく、『枕草子《まくらのそうし》』に、この「うち臥しの巫女」の娘が弘徽殿女御《こきでんのにょうご》（兼家の弟公季《きんすえ》の娘義子）のもとに女房として仕えているらしいことがみえている。「うち臥しといふ者の娘、左京《さきょう》といひて候《さぶら》ひけるを」と書かれていて、「うち臥しの巫女」の娘は左京という女房名で出仕《しゅつし》しているのである。「うち臥しの巫女」という呼び名も周知の事実であったらしい。左京の恋人の源宣方《のぶかた》が中宮定子《ていし》のもとに祗候《しこう》(3)しないことの言い訳に、ここには相手をしてくれる女房がいないと言ったので、清少納言《せいしょうなごん》が「ほんとうに人はうち臥しやすむところがあるのがようございますね。そちらには足繁く通っていらっしゃるとか」と当てこすりをいったというのである。

　兼家が連れ込んだ市井の占い師の「うち臥しの巫女」は、おそらく兼家の運命を吉に導いた人としてそのまま兼家に珍重され、その娘が女御《にょうご》付きの女房にまでのぼったということになる。その娘は兼家の子であったかもしれない。兼家は、この世の運命をつかさどる魔界に通じる力を持っている女を抱え込むことで運命を好転させていった。

　すぐれた歌詠みは鬼神を感応させることができると考えられていた。『源氏物語』では官職を解かれて須磨《すま》という遠方に左遷ではないが蟄居《ちっきょ》を余儀なくされた光源氏が、陰陽師《おんみょうじ》を呼んで祓《はら》えをしたときに神に和歌を詠みかけている。

やほよろづ神もあはれと思ふらむをかせる罪のそれとなければ

八百万の神も私を哀れと思ってくれるだろう、これという罪を犯したわけでもないのにここにいることを、という歌である。すると晴れていた空が一転かき曇り、風が吹き荒れてうららかに凪《な》いでいた海が荒れ狂う。その夜、亡くなった父帝が現れて、源氏を救い出す。光源氏の歌が魔界を動かしたわけである。

『蜻蛉日記』には、作者が稲荷《いなり》神社、賀茂神社に出かけて和歌を奉納したことが記されている。賀茂神社の上社《かみのやしろ》に奉納したのは、たとえば次のような歌である。

いつしかもいつしかもとぞ待ちわたる森のこまより光見むまを

木綿襷《ゆふだすき》むすぼほれつつ嘆くこと絶えなば神のしるしと思はむ

いつになったらいつになったらと待ち続けています、森の木々のあいだに光をみることができるときを、という歌。いまは小暗い森のなかをさまよっているが、いつか光がさすことがある、そのときをいつかいつかと待っているというのである。

もう一首の木綿襷は、神事で襷がけに身につける紐《ひも》状のもの。それが結びからまるように、心がふさいで嘆くことが絶えてなくなったら、それを神への祈りがつうじたものと思いましょう、という歌。『蜻蛉日記』の作者の和歌なら神にも聞き届けられるだろう。兼家が作者を頼りにしつづけたのは、彼女が魔界の力に通じる力をもっていたと考えていたからなのかもしれない。

陰陽師安倍晴明

『大鏡』によると、兼家と同時代に伝説の陰陽師、安倍晴明《あべのせいめい》の活躍ははじまる。兼家が三男道兼《みちかね》をして花山《かざん》天皇を退位に追い込み出家させたくだりで、『大鏡』はこの異変を安倍晴明が感知したとわざわざ記している。花山天皇が花山寺に向かう道筋、安倍晴明の家の前を通過したとき、晴明は手をはたはたと打って「帝が退位されるという天変がみられるが、すでに果たされてしまったとみえる。すぐに内裏《だいり》に参るので車を支度せよ」と声をあげた。この声が花山天皇にも聞こえたというのである。また晴明は式神《しきがみ》という霊の使い手であって、式神を先に内裏に行かせたが、花山天皇が宮中を去っていく後ろ姿をみたと答えたというエピソードも伝えている。

花山天皇を廃して、娘詮子が産んだ皇子《おうじ》を一条天皇として即位させ、兼家は摂政の座に躍り出た。このころに力をもっていた陰陽師を兼家なら頼りにしたのではないかという気がする。『大鏡』が「雑々《くさぐさの》物語」として付随的に語るエピソードに、一条天皇の即位の日に天皇が座るはずの高御座《たかみくら》に血のついた生首が置かれていたとある。かなり不気味な呪詛《じゅそ》である。これを兼家に知らせに行ったところ、兼家は眠そうにしてそのまま眠り込んでしまった。やがて目を覚ますと、支度は済んだかと聞いたというのである。事件を告げた者はようやく、そんな話はなかったことにして進めろとの意であったと気づき、知らせにいったことを後悔したと語られている。

　ハレの日にのっけからこんな仕業《しわざ》を受けていた兼家は呪詛を解く力を誰よりも必要としていたにちがいない。のちに一条天皇代に栄華を極めた道長《みちなが》が呪詛されたのを安倍晴明が祓ったという逸話が『宇治拾遺物語《うじしゅういものがたり》』巻第十四の十に載る。

　道長は私寺として法成寺《ほうじょうじ》を建立した。出来上がってからは毎日御堂《みどう》に車で通っていた。道長は白い犬を飼っていて供として連れ歩いていたのだが、ある日、門のところで犬がまわりこんで中に入れないようにした。そこで車から降りて入って行こうとすると、こんどは道長の裾をくわえて引っ張り中に入れまいとする。道長は安倍晴明のもとに使者を走らせ呼びにやった。晴明がいうには呪詛の呪物が埋まっていて、その上を道長がまたいで災厄を受けるのを犬が察知して阻止したのだという。犬というのはそうしたものを感知する力があるのだ。晴明が占ってここだというところを掘り起こさせてみると素焼きの器を合わせて黄色いこよりで結んだものが出てきた。開いてみると中にはなにも入っていない。赤い文字で底に一と書いてあるだけだった。

この呪法は晴明の他に知っている者といえば蘆屋《あしや》道満《どうまん》しかいない。晴明は懐から紙を取り出し、鳥の形に結んで呪文をかけて空へ投げた。するとたちまち白鷺になって南をさして飛んで行った。この鳥の行く先を追え、と下部《しもべ》を走らせると果たして蘆屋道満の家に落ちた。問いただすと、堀河左《ほりかわさ》大臣《だいじん》顕光公《あきみつこう》に頼まれてやったと白状する。本来なら流罪にすべきところだが道満の罪ではないということで、今後二度とこうしたことをしないようにと言い渡し、生国《しょうごく》の播磨《はりま》へ追放した。なお顕光は死後に怨霊《おんりょう》となって道長を祟り、悪霊左《あくりょうさ》府《ふ》と恐れられた。道長はいよいよ飼い犬をかわいがったと物語はしめくくられる。

宮中の陰陽寮[4]の役人である安倍晴明に対して、蘆屋道満は『宇治拾遺物語』では「道摩《どうま》法師」と呼ばれていて市井の法師陰陽師なのである。宮中にいる同族内で呪詛し合うのだとしたら、役人の安倍晴明は使えない。庶民が頼りにする験力《げんりき》の強い人を探し出して雇うしかない。

安倍晴明は、時の権力者である道長しか使い手になれないからである。『宇治拾遺物語』のこの逸話は後世につくられた物語だが、政権争いのなかで道長が呪詛されることはままあった。道長自らが記した『御堂関白記《みどうかんぱくき》』にも晴明の名はみえていて、道長が頼りにしていたらしいことがわかる。

兼家が摂政になったころから安倍晴明の名はみえるようになるが、兼家が政界で不遇だったときには、市井の占い師を頼っていた。安倍晴明がいかにすぐれた陰陽師であっても政府お抱えの役人とあっては、秘密の呪詛には使えない。道長に敵対する勢力は、かつての兼家がそうであったように次々と市中の験者《げんじゃ》たちを見出していっただろう。

夢をみる人――道長にとっての藤原行成

兼家が夢告を重視していたらしいことは『蜻蛉日記』に垣間見《かいまみ》られる。平安宮廷社会において夢というのは、現代のフロイトなどが分析するような個人の来歴やトラウマがみせるものではなくて、天界異界からのお告げであって、人の運命を予《あらかじ》め告げ知らせるために夢のなかに入り込んでくるものなのである。こうした未来を占う夢告は誰にでも得られるものではない。
いまでも正夢という言葉があるように、夢告の実現という感覚を持っている人はいる。それは自分ならざるものから告げ知らされたことが、自分の現実に実現するという感覚である。とすると、夢が個人の脳内を超えたものとつながる回路であるという意識はいまだ残っているといえるのかもしれない。

夢告として現れた夢は実現するまで人に告げてはならないとされている。なぜなら吉夢はときとして人に横取りされてしまうからである。ならば夢をみる人は、最側近においておきたい。道長にとってそれは藤原行成《ゆきなり》だったのではないだろうか。

藤原行成（九七二～一〇二七）は『大鏡』の伊尹《これただ》伝に、その孫として登場する。疱瘡《もがさ》で早逝した伊尹の息子義孝《よしたか》と源保光《やすみつ》の娘とのあいだの子である。源保光の父は醍醐《だいご》天皇の息子代明《よしあきら》親王だから、母方は醍醐源氏の流れをくむ。

『大鏡』に「侍従大納言《じじゅうだいなごん》行成卿、世の手書《てかき》とののしりたまふは」とあって、行成は、前時代の小野道風《おののみちかぜ》（八九四～九六六）と年長の藤原佐理《すけまさ》（九四四～九九八）と共に三蹟《さんせき》の一人に数えられ、能書家《のうしよか》として知られる。『大鏡』では、行成が備後介《びんごのすけ》で昇殿《しょうでん》を許されていない地下人《じげにん》身分であったころ、源俊賢《としかた》の推挙《すいきょ》によって蔵人頭《くろうどのとう》へと異例の昇進をしたとされている。

行成の残した日記『権記《ごんき》』の長徳《ちょうとく》元（九九五）年八月二十九日条に蔵人頭になったことがみえる。それよりおよそ二年前、正暦《しょうりゃく》四（九九三）年七月十九日条に、源俊賢が比叡《ひえい》山延暦寺《ざんえんりゃくじ》において行成の吉想を夢にみたと告げ知らせてきたことが記されていて、これは夢告の実現なのである。

蔵人頭は天皇の最側近で天皇の判断を補佐する役割となる。となれば、天皇を傀儡《かいらい》とする摂政関白にとっての最側近ということにもなる。長徳元（九九五）年は、疱瘡らしき伝染病が蔓延し、公卿が次々と亡くなった年である。中宮定子の父道隆《みちたか》、次いで関白にのぼった道兼も亡くなった。

『大鏡』道隆伝は、長徳元年に病いが重くなった道隆がまだ二十一歳の長男伊周《これちか》を内大臣としたので伊周が関白を継ぐものと思われたが、道兼に関白がわたったと記している。道兼伝には、長徳元年五月二日に関白の宣旨を受けたが同月八日に亡くなり、関白となって七日であったと記されており、「七日関白」と言われている。『公卿補任《くぎょうぶにん》』によれば、父に代わって伊周が内覧《ないらん》の宣旨《せんじ》を受けたが、五月五日に外されている。道兼にその座は奪われたのである。さらに道兼の死後、その座は道長のものとなる。『大鏡』道隆伝には五月十一日から道長が氏の長者を継いだと記されている。道長の日記『御堂関白記』はまさに長徳元年五月十一日条の内覧の宣旨を受けたという記述からはじまっている。

藤原実資《さねすけ》の残した日記『小右記《しょうゆうき》』長徳元年七月二十四日条には、右《う》大臣《だいじん》道長と内大臣《ないだいじん》伊周が宮中の陣《じん》の座《ざ》において、激しく口論し、あたかも闘乱のごとくであったと書かれている。

伊周は内大臣に残ったものの、内覧の役は右大臣道長にわたった。内覧とは、蔵人頭が天皇に文書を奏上《そうじょう》する前に予め検分する役目である。天皇の決断を左右する文書を牛耳る役で実質の執権は道長が手にしたということになる。ちょうど道長が内覧となったときに、これを伴走する役に抜擢《ばってき》されたのが藤原行成である。

伊周は翌年長徳二（九九六）年にはたちまちに政界から追い出され、大宰府《だざいふ》配流《はいる》となる。『栄花物語』によれば、伊周が恋人としていた為光《ためみつ》の三女に花山院が通っていると思い込み、弟の隆家《たかいえ》と共謀しておどすつもりで弓矢を引き、花山院の袖をつきとおす事件が起こった。実際には花山院は為光の四女に通っていたのだが勘違いしたのだという。『小右記』によれば、長徳二年正月十六日のことであった。

また伊周が朝廷のみが行うことを許されている大元帥《だいげんの》法《ほう》[5]を私的に行っていたことが発覚し、女院詮子の病いの原因が伊周の呪詛によるものであるとされ、『小右記』によれば、長徳二年四月二十四日に伊周を大宰権帥《だざいのごんのそち》、隆家を出雲権守《いずものごんのかみ》とし、事実上の左遷に追い込んだ。

　長保《ちょうほう》元（九九九）年十一月一日に道長の娘彰子《しょうし》が入内すると、十一月七日には中宮定子に待望の男児が産まれる。この日、彰子は女御となった。行成の日記『権記《ごんき》』十二月七日条によれば、行成は女院《にょいん》詮子が彰子立后《りっこう》[6]をすすめるように書いた書状を内裏に持っていき、一条天皇にいかがすべきかと問われると立后すべきだと進言した。それを道長に報告すると「汝の恩の至りなり」と言われたと記されている。このとき中宮定子には皇子《おうじ》となるべき敦康《あつやす》親王が生まれており、十二歳で入内した彰子はいまだ幼すぎて出産はおろか一条天皇の歓心を誘える状況にはなかった。

『権記』長保二（一〇〇〇）年九月六日条には、去る四日の夜の夢を道長に話したところ、「これ吉想なり。ゆめゆめ他の人に語ることなかれ」と言われたと記されている。行成はいまだ実現していない道長の将来を約束する吉夢を見ているのである。しかも夢について比較的こまかく記録している行成が、このときに見た夢がいったいどのようなものであったかは秘しており、残していない。道長にとっておのれの吉夢を握っている行成こそ手放せない人であったろう。

第六章　女房たちの文化資本

中宮定子のめざしたサロン

後宮《こうきゅう》サロンの形成とは、いったいどのような目的でどのように行われていたのだろう。『枕草子《まくらのそうし》』「宮仕へ所は」ではじまる段で、清少納言《せいしょうなごん》は宮仕えしてみたいところとして、次のように列挙している。

宮仕へ所は　内。后《きさい》の宮。その御腹《おんはら》の一品《いっぽん》の宮など申したる。斎院《さいいん》、罪深かなれど、をかし。まいて、余《よ》のところは。また春宮《とうぐう》の女御《にょうご》の御方。

天皇付きの女房《にょうぼう》になることがまず第一であるが、后の宮のサロンがその次に挙がっている。中宮定子のサロンということになる。あるいは定子の娘付きの女房となること、春宮に入内《じゅだい》した女御付きの女房となることなどは、いずれも晴れがましい職場となる。ここに、仏とは違う、神に仕えることになるから極楽往生を望む平安宮廷の人々にとっては罪深いと感じられはするものの、賀茂神社の斎院[1]のもとに勤めるのはおもしろい、と書かれていることに注意したい。

この当時、賀茂神社の斎院となっていたのは、村上《むらかみ》天皇の娘、選子《せんし》内親王《ないしんのう》であった。選子は十二歳で斎院に卜占《ぼくせん》(2)され、円融《えんゆう》天皇代から中宮彰子《ちゅうぐうしょうし》出生の後一条《ごいちじょう》天皇代までの五十七年間勤めた。選子内親王はすぐれた歌人として知られ、斎院のサロンは定子にとって範とするところであった。『枕草子』「職《しき》の御《み》曹司《ぞうし》におはしますころ、西の廂《ひさし》に」ではじまる段に、正月、選子斎院から定子に和歌が送られてきたエピソードがある。清少納言が受け取り、さっそく定子の元へ持っていくのだが、定子はいまだ寝ているところだった。

清少納言は定子を起こそうと一人で格子戸を開けて外の光を入れようとするのだが、重くてぎしぎしと音をたててしまう。定子が目覚めて「なぜそんなことをしているの」ときくので、「斎院からの文がございましたからには、どうして急がずにいられましょう」と答える。すると定子は飛び起きて、早速に返事を書いたとある。

選子斎院の歌は、正月初めの卯《う》の日に飾る魔除けの槌《つち》である卯《う》槌《づち》ふたつの頭のところに山橘《やまたちばな》、日《ひ》陰《かげ》とよばれるシダ、山菅《やますげ》などを美しげに飾りつけて、卯杖《づえ》のかたちにしたものにつけられていた。

山とよむをののひびきをたづぬればいはひの杖の音にぞありける

山に鳴る斧《おの》の響きを訪ねれば、卯の日の祝いの杖を切り出す音がしている、という歌である。これに対する中宮定子の返歌は書かれていないが、ためつすがめつの書き損じも多く、念入りの返事が用意されたことが記されている。中宮定子のサロンに先行して、選子斎院のサロンは文化サロンとして名高く、選子斎院に認められねばと必死になっていることがみえる。その意味で、清少納言の描き出す中宮定子のサロンの文化的豊かさは、選子斎院のサロンを目指すものであったわけである。

また『枕草子』「清涼殿《せいりょうでん》の丑寅《うしとら》の隅の」ではじまる段には、中宮定子が歌の上手《じょうず》の集《つど》う村上天皇代の後宮を範としていたことが明かされている。中宮定子は、一条《いちじょう》天皇の御前で、折りたたんだ白い紙を女房たちに配って「これにいますぐ覚えている古歌を一つずつ書きなさい」と言った。清少納言は、まごついて伊周《これちか》に助けを求めるが、中宮定子は「早く早く、考え込まないで、難波津《なにわづ》でもなんでも、ふと浮かんだのを書けばいいのよ」とせき立てる。清少納言はむやみに気後れして、顔が真っ赤になってしまったと書いている。

上臈《じょうろう》の女房が、春の歌、花の心などを詠んだ歌を二つ三つ書きつけたあとに、自分の番がまわってくる。清少納言は『古今和歌集《こきんわかしゅう》』五二番歌の「年経《としふ》ればよはひは老いぬしかはあれど花をし見れば物思ひもなし」の下の句を「君をし見れば」と書き換えて、年月が経てば齢《よわい》は老いる、そうであってもあなたをみれば物思いはない、という歌として書いた。もともとの『古今和歌集』五二番歌には、「染殿后《そめどののきさき》の御前に、花瓶《はながめ》に、桜の花を挿《さ》させ給へるを見て、よめる」と詞書《ことばがき》がついていて、藤原良房《よしふさ》が、文徳《もんとく》天皇后である娘明子《めいし》の御前に瓶に入れて飾られた桜をみて詠んだ歌である。いま上局《うえつぼね》(3)には、青い大きな瓶に五尺にもなる桜の枝を多く挿して飾ってあり、それが高欄《こうらん》の外にまで咲きこぼれていた。まったくぴったりの歌を引いて、さらに中宮定子を言祝《ことほ》ぐ歌に変えた手腕は見事という他ない。

さらに中宮定子は『古今和歌集』の冊子《そうし》を前に上の句をいって、その下の句を答えさせるということをした。年中読んでいる歌なのに、とっさのことで答えられない。宰相《さいしょう》の君《きみ》が十首ほどようやっと答えたが、中宮定子はたいそうがっかりして「これは知っているはずよ。なぜこうも愚鈍なの」とため息をつき、村上天皇後宮の宣耀殿女御芳子《せんようでんのにょうごほうし》が『古今和歌集』を全部覚えていたのだという話をしてきかせる。

藤原芳子は、幼い頃から、父親の藤原師尹《もろただ》に「まずは習字をすること、次には琴《きん》の琴《こと》をだれよりもうまく弾けるようにすること、さらには『古今和歌集』全二十巻をみな暗記することを学問とすること」と教えきかされて育った。そのことを知った村上天皇が物忌《ものいみ》のつれづれに『古今和歌集』を出してきて「いついつの月、何々の折に、だれそれが詠んだ歌はなにか」などと試験してみたところ、二十巻のおしまいまでやっても一つも間違えなかった。

清少納言の散文の力

中宮定子が、そうした和歌の才にあふれるサロンを目指していたとすれば、有名歌人の娘たる清少納言にはその役目も期待されていたはずである。清少納言の父親は村上天皇代に和歌所《わかどころ》につめ『後撰和歌集《ごせんわかしゅう》』の撰者を務めたほどの名高い歌人であり、勅撰和歌集に百首以上の和歌が入集《にっしゅう》されている。和歌の才を重視する中宮定子のサロンに清少納言が雇われたのは、有名歌人の娘だったということが大きいだろう。

ところが清少納言はそれほど和歌が得意ではない。代わりに漢文の素養を生かし男性官人たちと交遊し、その模様を『枕草子』に書いた。有名な「春はあけぼの」ではじまる章段をみても、「やうやうしろくなりゆく山ぎは、すこしあかりて、紫だちたる雲のほそくたなびきたる」（だんだん白んでいく山ぎわが、少し灯《あか》りをともしたようで、紫がかった雲がほそくたなびいてかかっている）という春の描写は、和歌の歌ことばをゆうに超えている。

『古今和歌集』の春の歌が詠み込むのは、春といえば霞《かすみ》であり花である。それなのに朝ぼらけの景色を春のもっとも美しいものとして提示したのである。春の第一の景物として「あけぼの」どきを提示する『枕草子』の方法は、のちに歌ことばへも影響を与えることとなる。清少納言との贈答歌が残されている和泉式部《いずみしきぶ》は、会えない恋人を想って眠れない夜を過ごした春の朝に、こんな歌を詠んでいる。

恋しさも秋の夕べにおとらぬは霞たな引く春のあけぼの

清少納言は『枕草子』で、「秋は夕暮《ゆふぐれ》」と記している。その秋の夕べの恋しさに劣らないものは「霞たな引く春のあけぼの」だという。まさに『枕草子』そのものを本歌取りしたような歌である。

清少納言の自由な発想は、型にはまった和歌ではいかにも窮屈に感じられただろう。その意味でまさに散文向きの才能だった。しかし中宮定子が和歌の上手のサロンを目指していたとすれば、清少納言の出現はまったくの偶然の賜物《たまもの》だ。和歌の力ではなく、散文の力で、彼女がこれほどまでにサロン文化を盛り上げる役目を果たそうとは定子も予想していなかったのではないか。

その上、サロンに出入りする男性官人たちも必ずしも和歌の得意な人ばかりではなかった。実直な官人であればあるほど、漢籍《かんせき》に詳しくはあっても和歌はどうも苦手だということになる。そんな男性たちにとっても清少納言はいかにも魅力的に映ったであろう。

清少納言と藤原行成

道長《みちなが》の栄華を下支えすることになる役人、藤原行成《ゆきなり》が長徳《ちょうとく》元（九九五）年に蔵人頭《くろうどのとう》に任じられたとき、道長の娘彰子はまだ入内前で、行成は一条天皇の寵愛《ちょうあい》する中宮定子のもとにもよく顔を出していた。

たとえば『枕草子』「職の御曹司の西面《にしおもて》の立蔀《たてじとみ》のもとにて」ではじまる章段には、行成が清少納言に馴染んでいて、中宮に伝えることがあるときも清少納言を呼び出して取り次ぎとしていたことが書かれている。女房たちには行成はただ生真面目なだけで、歌も詠まないつまらない男とみられていたが、清少納言は行成の奥深さや面白みを知っていて、中宮定子にもただものではないと常々言っていたのだとある。

成人の男女が会うときは、女は顔を隠してみられないようにするのがマナーである。行成はこんなにも仲良しなのだから、顔を見せてくれてもいいではないかという。清少納言は「わたしはみにくいですから、前にそういう人は好きになれないと言っていたので見せられません」と答えた。それであきらめたのかと思いきや、ある日、行成は、朝早くにこっそりとはい隠れてまんまと清少納言の顔を見た。それ以降、行成は平気で簾《すだれ》をくぐってやってきて清少納言と顔を見合わせるようになった、というエピソードである。清少納言と漢籍の文言を引用しながら冗談を言い合い、笑い合うさまが描かれ、行成はほんとうに楽しそうだ。

『枕草子』「二月、官の司《つかさ》に」とはじまる章段では、行成が清少納言宛に、解文《げもん》(4)のような公式文書のスタイルで仰々しく書かれた立て文を添えて餅餤《へいだん》という餅を包んで送ってくるエピソードが描かれている。

進上
餅餤一包《ひとつつみ》
例に依《よ》て進上　如件《くだんのごとし》
別当《べたう》　少納言殿

そこには送り主として「みまなのなりゆき」と署名があって、「この男は自ら参らんとするのだが、昼間に行くと不細工な顔をみられてしまうので参らぬようです」と書かれていた。「成行《なりゆき》」というのは、行成の韜晦《とうかい》である。三蹟《さんせき》に数え上げられる行成の書き物は手本にしたいような美しさだ。中宮定子にみせると美しく書かれた解文は自分のものとしてとられてしまった。清少納言は、かくなる上は本式の返答をしようと、ちょうど居合わせた左大弁平惟仲《さだいべんたいらのこれなか》を呼び出して正式な作法を問い合わせる周到さである。

白梅の枝につけて白い紙でよこしてきたので、清少納言は紅梅の枝に赤い紙で返事をする。「自ら持って参り来ない下部《しもべ》は、いと冷淡なりとみえます」と書いた。「餅餤《へいだん》」を「冷淡《れいたん》」と言い返したわけである。行成は「下部候《さぶら》ふ、下部候ふ」と言いながらすぐさまとんできた。そうして言ったことには、「こういうものを送ると、気が利いていると自負する女は歌詠みでございと和歌を送ってきたりするものですが、あなたのはまさにぴったりのお返事でしたね。わたしなどに歌を詠みかけてくる人はかえって無神経というべきでしょう」と喜んだ。

才気煥発な二人のやりとり

漢籍にはめっぽう詳しい行成だが、実は和歌はあまり得意ではなかったらしい。『大鏡《おおかがみ》』伊尹《これただ》伝には、「この大納言《だいなごん》殿（行成）は、万事にたけているが、和歌の方面では少し劣っていらしたようだ」と書かれている。あるとき殿上《てんじょう》で歌論議がはじまって、その道に詳しい人々が問答をはじめたのだが、行成は黙り込んでいた。ある殿が「難波津《なにはづ》に咲くやこの花冬ごもり、この歌いかに」と行成に問いかけると、行成はじっと黙ったまま考え込んで、「わからない」と答えた。人々は笑って、論議の興も醒《さ》めた、というエピソードが載る。『古今和歌集』仮名序《かなじょ》(5)に引かれる「難波津に咲くやこの花冬ごもり今ははるべと咲くや木《こ》の花」は、子どもが手習いのはじめに書く歌で誰もが知るものである。

清少納言もまた『枕草子』「五月の御精進《みさうじ》のほど」ではじまる段で、和歌が苦手だと公言している。有名歌人の娘とあらばさぞや和歌がうまいだろうと思われることがプレッシャーだったようで、あるとき中宮定子に、亡父の名を貶《おとし》めたくないので、もう無理に歌を詠めとは言わないでほしいと宣言する。その頃、庚申《こうしん》の日《ひ》(6)で夜通し寝ずに起きていなければならないつれづれに、内大臣伊周が題を出してみなで歌を詠みあうことになった。清少納言が、伊周が題を取って詠めといってもすみのほうにかしこまって頑として歌を詠もうとしないでいたら、中宮定子が紙に歌を書きつけて投げてよこした。

元輔《もとすけ》が後《のち》といはるる君しもや今宵の歌にはづれてはをる

有名な歌人の清原《きよはらの》元輔の子と言われるあなただから今宵の歌からはずれているのね、という歌である。清少納言の返歌。

その人の後といはれぬ身なりせば今宵の歌をまづぞよままし

あの人の子だと言われぬ身であれば今宵の歌は真っ先に詠んだでしょうに、という歌。そこに「そんな遠慮さえなければ千の歌でも出てくるでしょうけれど」と付け加えて言ったと書かれている。有名歌人を父に持つのに和歌が苦手だという清少納言は、和歌がよくわからないという行成にとっても安心できる相手であっただろう。それでいて和歌がなくとも互いに才気煥発のやりとりができるのだから、これはうれしい相手である。

『枕草子』「頭弁《とうのべん》の、職にまゐりたまひて」ではじまる章段によれば、行成は清少納言と夜を共にする仲でもあったらしい。ある夜、翌日が物忌だから丑《うし》の刻になるとよくないと帰っていった。翌朝、行成から「今日はことさらに名残惜しく夜通し物語を言い交わしたかったのに、鶏《にわとり》の声にせきたてられて」などなど、想いを縷々《るる》つづった文が届いた。清少納言は、「そんな夜中に鳴いた鶏の声なら、それは孟嘗君《もうしょうくん》のでしょうか」と返した。中国の『史記《しき》』に載る物語を引用している。夜明けを告げる鶏の声が聞こえたら開門する函谷《かんこく》関《かん》(7)という関所があった。夜中に関所越えをしようとした孟嘗君は臣下に鶏の鳴き真似をさせてまんまと開門させたという話。漢文で書かれた『史記』に載る故事を引いて、その鶏の声はうそ鳴きの声でしょうね、といったわけだ。行成はうれしくなってすぐさま「孟嘗君の鶏《にはとり》は函谷関をひらきて、三千の客《かく》わづかに去れり」とあるけれども、私がいうのは恋人たちの逢瀬をとどめる逢坂《おうさか》の関ですよ、と返してきた。逢坂の関というのは和歌によく使われる歌ことばである。清少納言は和歌を返す。

夜《よ》をこめて鳥のそら音《ね》にはかるとも世に逢坂《あふさか》の関はゆるさじ

夜明け前に鶏のうそ鳴きで函谷関の関守を騙せても、逢坂の関は通過を許されませんよ、という歌。男女の仲にはなれません、という返しである。行成もこんどは和歌で返す。

逢坂は人越えやすき関なれば鳥鳴かぬにもあけて待つとか

あなたの逢坂は人が越えやすい関所で鶏が鳴くまでもなく開けて待っているとか、という歌。あなたはガードがゆるく男出入りをさせているでしょう、というあてこすりである。

清少納言と藤原斉信

実際に清少納言は、女房たちがしきりと美男子だ、イケメンだと騒いでいる藤原斉信《ただのぶ》とも親しく交際していたらしい。『枕草子』「返る年の二月二十余日《よひ》」ではじまる章段には、頭中将《とうのちゅうじょう》斉信が、今夜、方違《かたたが》えでよそに行くけれど夜が明ける前にそこへ行くから待っていてくれるよう、知らせてきた。とはいえ、清少納言にも勤めというものがあって定子の妹、御匣殿《みくしげどの》のお召しがあったのでそちらに上がって寝ることになった。翌日、局《つぼね》に下がってくると、下仕《しもづか》えの女が「昨夜、うるさく戸をたたく音がして、やっとのことで起きたところ、清少納言は上局にいるのか、ならば伝言をと言われたのですけれど、よもや起きてはきますまいと断ったのです」と語る。気の利かないことだと思っていると、斉信の従者がやってきて、いますぐこちらにやってくるという。清少納言は上局にのぼるのでそちらで会いたいと答え、梅壺《うめつぼ》の東面《ひんがしおもて》の半蔀《はじとみ》(8)を上げて迎える。そこは女房のひかえる下局《しもつぼね》ではない。身分のある姫君がいてもおかしくはない場所である。

　庭先からやってきた斉信はまるで物語が描く貴公子のように美しい。たいそう華やかで布の裏地のつやなどもなんともいえないほどきれいな桜の綾の直衣《のうし》に、藤の折枝《おりえだ》が仰々しく乱れ織りになっている葡萄染《えびぞめ》の色濃い指貫《さしぬき》(袴)をはいて、下に着た衣《きぬ》の紅《くれない》色、打ち目《うめ》(9)などがかがやくばかりにみえる。白や薄色の下衣《したごろも》をたっぷりと重ねて着ている。狭い縁先《えんさき》に片足は下に出して御簾《みす》のそばに寄って腰かけている姿は、ほんとうに絵に描いたよう。これこそが物語でうるわしい男といわれる人だと思う。

　梅壺の前庭には西側に白梅、東側に紅梅が、散りかけではあるけれどもまだ咲いていて、日はうらうらとのどかで、ちょっと誰か見て！　といいたくなるほど。御簾の内側にいるのが、髪のうるわしくこぼれかかるような若い女だったらもう少し見どころがあったでしょうが、時過《さだす》ぎた(10)古女房《ふるにょうぼう》で髪なども髪文字《かもじ》(11)でけばだったような自分が応対しているのだからいただけない、と清少納言は書く。斉信は気さくな様子で、昨夜、局を訪ねたけれど寝ぼけた女がでてきて参ったよ。なぜあんな女をおいているのか、と言って笑った。しばらく話をして出ていったが、これを外から見ていた人は、なかにどんな美女がいるかと思っただろう、奥から見た人がいたら、あんなにも美しい男が外にいたとは思うまい、と書いている。

その日の暮れ方に、中宮定子のもとへ行ったら、女房たちが物語談義をしているところだった。『うつほ物語』にでてくる涼《すずし》と仲忠《なかただ》のどっちがいい男かで意見がわれているのである。中宮定子は涼派で、仲忠が山のうつほで生い育った出自に難色を示している。そうはいっても帝《みかど》のむすめを得たのは仲忠のほうでしょう、という清少納言の一言で勝負がついた。

男たちも愛した定子サロン

中宮定子は、そんなことより昼間やってきた斉信がいかにもうるわしく、そこに清少納言がいたらどんなにか褒《ほ》めそやしただろうと思ったのよと言う。斉信は、物語の主人公も顔負けのいい男なのである。清少納言が先に描写したとおりに微に入り細に入り斉信の衣装を褒め称《たた》えると、みんなも同じ姿をみたけれども、清少納言の手にかかると、縫い糸から針目まで見通すような細かい観察眼だわねと中宮定子は笑った。

そのとき西の京《みやこ》に行ってきたという斉信が、垣《かき》なども古びて苔が生えていて、まことに風情があった、一緒に見る女でもいたらよかったと言ったので、宰相の君と呼ばれる女房が「瓦に松はありましたか」と即座に答えたのだという。斉信は膝を打って「西《にし》の方都門《かたともん》を去れる事いくばくの地ぞ」と口ずさんだというエピソードもつく。

これは『白氏文集《はくしもんじゅう》』「驪宮高《りきゅうたかし》」の次の一節を引いたやりとりである。

翠華《すいくわ》来《きた》ラズシテ歳月《さいげつ》久《ひさ》シク、
牆《かき》ニ衣《こけ》アリ、瓦《かはら》ニ松《しよう》アリ。
吾ガ君位ニ在ルコト已《すで》ニ五載《ごさい》、
何《な》ンゾ一《ひと》タビ其ノ中《うち》ニ幸《みゆき》セザル。
西《にし》ノ方都門《かたともん》ヲ去《され》ル幾多《いくばく》ノ地《ち》ゾ、
吾ガ君遊バザルハ深キ意有リ。

斉信が垣に苔が生えていたというので、「牆《かき》ニ衣《こけ》アリ、瓦《かはら》ニ松《しよう》アリ」から、瓦に松はあったのかと問うたわけである。折しも斉信は西の京に行ってきたところだ。「西《にし》ノ方都門《かたともん》ヲ去《され》ル幾多《いくばく》ノ地《ち》ゾ」とあるのだから、「驪宮高」を引いたのはまさにぴったりである。中宮定子のサロンで漢詩に詳しいのはなにも清少納言ひとりではなかった。男たちはこんな機知に富んだ応酬のできる、定子サロンの雰囲気を愛した。

　しかし、昨夜から斉信が清少納言に話したいことがあると言ってきたのは、恋人同士の睦言《むつごと》というわけでもないらしい。中宮定子の兄伊周と弟隆家が花《か》山《ざん》院に矢を射かける事件を起こしてまさに政界から追われようとしているときだった。

『枕草子』はそうした中宮定子の兄弟たちの失墜を描かない。清少納言の描きだす定子サロンは笑いが絶えず、どこまでも明るいのである。先の『うつほ物語』の涼と仲忠のどちらがいいかという言い合いで、清少納言はあっさりと中宮定子の主張に反対してみせたりする。女房たちはのびのびと発言し、あくまで自由な気風である。ここへやってくる男たちもこの雰囲気を楽しんでいる様子だ。歌詠みの集う選子斎院のサロンの評判は高かった。しかし、清少納言は空前絶後の散文家として女房のハードルを上げてしまったのである。

中宮彰子サロンと女房たち

『栄花《えいが》物語《ものがたり》』によると、長保《ちょうほう》元（九九九）年十一月一日の彰子入内に際して、道長は、女房四十人、童女《わらわ》六人、下仕《しもづかへ》六人を選びに選び抜いた。単に容姿や人柄が良いというだけでなく、四位《しい》、五位の家の娘のなかでもとりわけ「ものきよらかに、成出《なりいで》よき」ものばかりを選んだとある。要するに育ちのよいお嬢様ばかりを揃えたわけである。ところが、これがまったくの戦略ミスで、彰子サロンはすこぶるさえなかったのである。

　彰子が十二歳を迎えるとすぐに成人の儀である裳着《もぎ》を終え、入内する。女御となり、中宮となるが、十二歳では身体はいまだ出産できる状態にはない。一条天皇が氏の長者となった道長をはばかって彰子サロンにやってきたとしても男女の仲らいにはならない。

　そこで一条天皇を彰子サロンに惹《ひ》きつけるために用意されたのは豪華歌絵本だった。当時の宮廷おかかえ絵師であった巨勢弘高《こせのひろたか》が絵を描き、能書家の行成が和歌を書いた歌絵の冊子をあつらえたのだという。道長は、行成の達筆に頼ってなんとか文化的に一条天皇を惹きつけようとしたのである。せめてそこに魅力的な大人の女房がいれば、召人《めしうど》と夜を過ごしていくこともあったろう。ところが集められたのは名家のお嬢様であるから、彰子とどっこいどっこいの幼く気の利かない女たちばかりだった。

　その一年後に、中宮定子は第三子の女宮《おんなみや》出産ののち、はかなく亡くなってしまった。あんなにも評判だった中宮定子サロンは彰子入内ののち、すぐさま消え去った。それがよけいに定子への思慕をかき立てただろう。中宮定子がいらしたころはよかった、と。なにしろ彰子サロンはつまらないのである。

このさえない彰子サロンを盛り立てるために紫式部《むらさきしきぶ》はあとから投入されたらしい。紫式部が彰子サロンに加わったのは、すでに定子サロンが失われたあとで清少納言とは入れ違いだった。

紫式部を見出したのは、漢学者の父為時《ためとき》を知る、行成だったかもしれない。藤原為時は、一条天皇を即位させるために兼家によって退位に追い込まれた花山天皇に学問の師として仕え、一条天皇代には、散位《さんい》となって長く位を解かれたままだった。長徳二（九九六）年に為時は越前守《えちぜんのかみ》に任じられ、これに紫式部も同行したといわれている。

彰子と紫式部

紫式部は『源氏物語《げんじものがたり》』のほかに、『紫式部日記《むらさきしきぶにっき》』を残している。『紫式部日記』は、寛弘《かんこう》五（一〇〇八）年の中宮彰子の第一子出産とその後の誕生の儀の記録の他、女房批評があったり、道長との交流が描かれたりなど種々雑多な内容をもった文章が混じっている書き物である。

『蜻蛉日記《かげろうにっき》』や『更級日記《さらしなにっき》』は自身の人生を書き記したものではないので読み物としての一貫性がない。彰子を讃《たた》えるという目論見で、『枕草子』のような断章的な書き物をめざしていたようにもみえない。大部を占めるのは彰子の皇子《おうじ》出産記事だから、これを記録することが求められていたとおぼしい。

　ところがこの出産記事は微に入り細を穿《うが》ちすぎていて、まるで次第書《しだいがき》(12)のよう。それこそ資料的に興味深いものの、せっかく物語作者に書かせたというのに読み物としての面白みには欠ける。この出産記事は、のちに道長の栄華の極みを頂点とした歴史物語である『栄花物語』が書かれるにあたって、そっくり取り込まれている。とすると『紫式部日記』の出産記事は道長の依頼で書かれ、道長に提出されたということになるだろう。

『紫式部日記』には、誰かに書き送った手紙文のような文体で書かれた箇所が含まれている。そこには、つまらないと評判の彰子サロンを客観的に観察しての率直な感想も書かれている。

　定子亡き後、すぐれた女房たちが集っているともっぱら評判だったのは選子斎院のサロンである。この消息文(13)には、選子斎院のサロンと比較して彰子サロンを評するところがある。

　あるとき紫式部は、選子斎院のもとに女房出仕《しゅっし》している中将《ちゅうじょう》の君《きみ》という人の書いた文《ふみ》をこっそり見せてもらった。すると、それは優美な筆致で、私ほど世の物の道理をわきまえていて思慮深く、およそ世の人というのは心も肝《きも》もなく無分別なのだという書きぶりで、読んでいてむしょうに腹が立ってきたというのである。そこには「和歌などの情趣をわきまえている人はいまどき我が主人の斎院さまをおいて他にだれがいるでしょうか。いまどきの世に情趣をわきまえたような人が出《いで》くるとしたら、我が斎院さまがそれを正しく判断することでしょう」と書かれていた。

紫式部は、斎院サロンは評判だが、だからといって斎院方から出てきた和歌にとりわけすぐれて良いとみえるものはない、たいしたことはないではないか、と手厳しい。続けて斎院サロンは、風流、風情がある女房たちが集まっているところだとはいうが、そこに仕えている女房を比べてみても、こちらの彰子サロンの女房たちに必ずしもまさっているというわけではない。斎院というのは、常に人が出入りするようなところではなくて、趣き深い夕月夜やら、有明方《ありあけがた》（夜明けの時分）、花盛りの頃、ホトトギスのやってくる頃などに催しをするのだから、それで趣き深い所にみえているだけなのだ。自分だって斎院のもとに仕えていたら、どんなにか優雅な女房にみえることだろう、と書いている。道長から評判の選子サロンのすぐれた女房を彰子サロンにヘッドハンティングするのはどうかという問い合わせでもあったのだろうか。その上、道長は選子斎院に仕える女房にもだれか紹介してくれないかと問い合わせていて、その返事が、紫式部がこっそり見せてもらったという中将の君の手紙だったのかもしれない。

定子が亡くなって、いま後宮には彰子と張り合う勢力はない。後宮のサロンというのは、天皇や中宮に仕える男性官人が頻繁に出入りするような場所で、その点で宮中の外にある選子斎院のサロンでは比較対象にならない。出入りの男性官人に「彰子付きの女房は陰気だ（中宮の人埋もれたり）」、「気が利かない（用意なし）」と言われているのだから、やはり笑いのたえなかった亡き定子サロンと比べられているのである。

中宮大夫《ちゅうぐうだいぶ》として供奉《ぐぶ》する（仕える）かの美男の斉信がやってきたときの応対にも、彰子付きの女房は失敗をおそれてまごまごするばかり。斉信はあまりにつまらなくて早々に引き上げてしまうのだった。斉信は定子サロンに馴染み、清少納言をよく知っている人である。その斉信に愛想を尽かされるのでは困るのである。

そんなこんなで男たちは彰子サロンを「埋もれたり」（陰気だ）と評して、そのような評判がささやかれているところだった。紫式部の観察によると彰子の幼さはいかんともしがたいとしても、周りの女房たちも幼くてなってないのである。そもそも彰子が男出入りの激しい軽薄な女房を嫌っていて、それを粋だとは考えない気風である。しかもとくに道長が集めた上臈《じょうろう》中臈《ちゅうろう》の女房たちは、身分の高い男の娘たちで、よりすぐりの姫君たちである。この姫君たちは、まったくもってお嬢様然としていてサロンを盛り立てるのに一向役に立たないと紫式部はやきもきしている。かといっていまさらお嬢様たちをけしかけて男に軽口をたたかせるのは無理な話。

　ただこのサロンをこんなふうに地味で、色気も素っ気もないままにしておいてはならないと思うし、中宮彰子もだんだん大人になって、これではまずいと思い始めているのだ、と書く。そこで新しく気の利いたことの言える女房を投入する必要がある。新規に雇い入れる女房についてもさまざま候補が挙がっていたのだろう。有名な清少納言をこき下ろす文章は、ここに接続しているのである。

紫式部の女房評

　紫式部が我がサロンについて述べた箇所につづくのが、かの有名な和泉式部、赤染衛門《あかぞめえもん》、清少納言についての辛口批評である。まず、筆頭候補であったのか、和泉式部評が書かれている。

和泉式部という人とは、趣きのあるやりとりをしたことがあります。けれど、和泉式部はけしからんところのある人です。気軽に走り書きしたような手紙にも文才があるし、ちょっとした言葉づかいが美しいのです。和歌はたいそうすばらしい。古歌を暗記して、歌ことばの決まりなどがよくわかっている、いわゆる職業歌人というふうではないが、口からふとでてくることばに必ず魅力のある一節があって、目をひく詠みぶり。ただし人の詠んだ歌を批評したりする心得があるわけではない。理屈抜きに自然と歌が詠めてしまう人なのでしょう。立派な歌詠みというわけではありません。

和泉式部の和歌は素直な詠みぶりで実にいいのである。『和泉式部《いずみしきぶ》日記《にっき》』は恋人だった敦道《あつみち》親王との恋のはじまりから、邸《やしき》に引き取られ召人の女房となるまでを歌のやりとりでつづった恋愛歌物語で、和泉式部の才能を十二分に発揮した魅力的な一書である。ただし、体系だった学問としての和歌に詳しいわけではないので、おそらく人に教えるような役には向いていなかっただろう。

次に赤染衛門評があるが、道長の栄華をたたえるために書かれた歴史物語『栄花物語』を書いたと言われている人で、もともと道長の正妻倫子《りんし》のもとで女房をしていたらしく、紫式部の大先輩。大江匡衡《おおえのまさひら》の北の方なので宮中で、あるいは道長の邸で匡衡衛門と呼ばれている。歌詠みとしては何かにつけて詠み散らかしたりはしないが、知られている歌にはすぐれたものがあると讃えている。それに続くのが清少納言評である。

> 清少納言こそ、したり顔で大袈裟にしている人です。あれほど利口ぶって漢字を書き散らしていますけれども、よく見ればまだたいそう至らないことが多い。こう、私は人とは違うと見せたがる人は、きっと見劣りして化けの皮がはがれるでしょう。たいしたことのないことにも、もののあわれを言い立てて、美しいことを見過ごさないでいようとするので、自然とむやみに浮ついたようになるのでしょう。その浮ついた人の成れの果てにどうしてよいことがありましょうか。

清少納言が定子亡き後、どうしたのかはわかっていない。そのまま定子出生の子をひきとった定子の妹、御匣殿のもとに仕えたかもしれない。ただし御匣殿も定子亡き後、一条天皇の寵愛を得て懐妊したものの、定子の死の翌々年に亡くなってしまった。あるいは定子出生の敦康《あつやす》親王付きの女房となったとしたら、敦康親王は定子の死後には彰子のもとで育てられるので、清少納言は存外、紫式部の近くにいたことになる。清少納言が漢籍に詳しく、漢詩をふまえたやりとりをして、男たちを楽しませたことはよく知られていただろうから、いま男たちが彰子サロンはつまらないと言っているなかでもっとも必要な人材だったはずだ。しかし、漢籍に詳しいという意味では学者筋の父を持つ紫式部にも自負がある。漢籍のことなら、なにも清少納言を呼び出さずとも私で十分です、と主張したいところだろう。

紫式部の自負と『源氏物語』

このあとに続けて、紫式部は自らの生い立ち、遍歴を述べ、いかに漢籍に親しんできたかを書きつけていく。亡くなった夫の宣孝《のぶたか》が残していった漢籍があって、それをつれづれ読んでいたら、女房たちが集まってきて、ご主人さまはあんなものを読んでいるから女の幸せをつかみそこねるのです。なぜ女が真《ま》名《な》書《が》き（漢字）を読むことがありましょう。昔はお経さえ読むなと注意したものです、などと陰口を言っているのを聞いたこと。一条天皇が源氏の物語を人に朗読させてきいていたとき「この人は日本紀《にほんぎ》をこそ読みたるべけれ。まことに才《ざえ》あるべし」（この人は『日本書紀』などを読んでいるにちがいない。たいそう学識があるようだね）と言ったので、一条天皇に仕える女房の左衛門《さいも》の内侍《ないし》という人が、「日本紀の御局《みつぼね》」というあだ名をつけたこと。兄弟の式部丞《しきぶのじょう》、藤原惟規《のぶのり》が子どものころ、漢文の勉強をはじめたとき、隣で聞いていた自分の方が見る間に上達して、惟規が忘れているところも覚えていたりなどしたので父親が「残念だ。この子が男の子でなかったのは運がなかったということだな」と嘆いていたこと。さらに、中宮彰子が『白氏文集』を読めるようになりたがっていて、紫式部が人目のないときにこっそりと「新楽府《しんがふ》」と呼ばれる二巻を教えていることが書かれている。おまけに女房仲間たちに、もっと付き合いにくい人かと思ったら、おっとりしていて意外だったと言われているし、中宮彰子にも「あなたとはうちとけられないと思っていたけれど、人よりずっと仲良くなったわね」と言われたと書かれていて、彰子の信頼も得た。彰子は『枕草子』に書かれているような漢籍の引用で冗談を言い合うような知性を求めていたが、紫式部は、これだけの証拠を並べて、それを補う役目は自らが十分に果たせることを示している。

　しかし結局のところ、漢文の素養が表立って求められていたわけではない。一条天皇をはじめとして人々の彰子サロンへの関心をかきたてたのは、なんといっても紫式部の書いた『源氏物語』なのだった。

『紫式部日記』の中宮彰子の敦成《あつひら》親王出産記事には、里邸《さとやしき》で出産した彰子が宮中に戻るにあたって持たせるための豪華本が用意されたことが書かれている。とっておきの紙を選び出し、物語の元原稿を添えて方々に書写の依頼を出して真新しい一冊を整えるのである。

ところが自分の部屋に元原稿を隠しておいたのを、中宮のもとに控えているあいだに道長が部屋をあさってみな内侍の督《かん》のほうへやってしまった。きれいに書き直したものはみな失ってしまった、と書かれている。したがってこれは紫式部が書いた『源氏物語』の決定版をつくる作業なのである。しかしあらかじめ清書してあった分は、道長の判断で彰子の同母妹の妍子《けんし》の手に渡ってしまった。妍子はのちに次代の天皇、三条《さんじょう》天皇の后となる人で、入内前に内侍として宮中に参っているのだった。

三条天皇（居貞《おきさだ》親王）は、冷泉《れいぜい》天皇の子、花山天皇の弟で、一条天皇が即位すると東宮《とうぐう》についたが、彰子出生の皇子を即位させたい道長にとっては傍流の中継ぎではある。そうはいっても三条天皇の即位を見越して手を打っておかねばなるまい。寛弘七（一〇一〇）年に妍子は東宮に入内するのだが、その前の寛弘元（一〇〇四）年には内侍としてすでに宮中にいた。彰子を盛り立てたはずの『源氏物語』は、早くも次代の天皇の后となるべき次の娘を輝かせるために利用されたのである。

第七章　『源氏物語』はどう読まれたか

紫式部の評判

紫式部《むらさきしきぶ》は、彰子《しょうし》サロンに軽妙な会話を楽しむような気風がないことをつまらなさの原因だとしているにもかかわらず、あんなにも楽しげな定子《ていし》サロンを盛り立てた清少納言《せいしょうなごん》については、つまらないことを大袈裟に言い立てただけの軽薄な人だと貶《おとし》める。しかし、そもそも紫式部自身はおもしろい人だったのだろうか。一般的に、清少納言は外交的で明るい性格、紫式部は内向的で暗い性格だというイメージがある。

『枕草子《まくらのそうし》』で清少納言が世を憂う姿は、ほとんどみられない。例外的に「殿などのおはしまさで後《のち》、世の中に事出《い》で来《き》」ではじまる章段で、道隆《みちたか》の死後、清少納言は、女房たちに道《みち》長《なが》方と親しいと陰口をたたかれて、里にこもったことが描かれている。定子を裏切ったかのような噂が立ったのは、中宮彰子の立后《りっこう》を促し、道長の栄華のための片腕となった行成《ゆきなり》と仲が良かったせいもあったにちがいない。あるいは道長から直接のヘッドハンティングがすでにあったのかもしれない。ともあれ、定子の周辺は道隆の死後、政変で揺れていた。

一方、紫式部は、道長の政権が安定していたころに女房出仕《にょうぼうしゅっし》し、中宮彰子が里邸《さとやしき》で男児を出産したというのに、どういうわけか鬱々としているのである。まもなく天皇が彰子の里邸にやってくるというので、どこもきらびやかに整えられている。夜明けに庭をながめれば池に水鳥が遊んでいるのがみえる。

水鳥を水の上とやよそに見むわれも浮きたる世をすぐしつつ

水鳥が水の上に浮いているように、自分も浮き世に生きている。水鳥は浮かんで遊んでいるようにみえて水の下では水をかいているのだから実のところ身は苦しいのだろう。それに似て、わたしも憂き世を生きているのだ、という歌である。この映《は》えある日々にいったいなにを悩んでいるのだろうかと思わざるを得ない。

『紫式部日記《むらさきしきぶにっき》』の紫式部像はどうみても陽気な人にはみえない。中宮彰子付きの女房たちも紫式部のことを「こちらが気後れしそうなほど優美で、近寄りがたく、よそよそしくて、物語を好み、気取っていて、なにかというと歌を詠み、人を人とも思わず、憎々しげに人を見下すような人だろうと噂していたのに、おどろくほどおっとりしていて、本当に紫式部なの？　と思ったほどだ」と言っていたと書かれている。物語を読んでの前評判でもすこぶるとっつきにくい人柄だと思われていたらしい。ひょっとして中宮彰子のサロンが陰気なのは、紫式部が陰気だからではないのか。そんな疑問もわいてくる。紫式部の名誉挽回は、『源氏物語《げんじものがたり》』のなかでなされる。

紫式部のユーモア

『源氏物語』で光源氏《ひかるげんじ》が中《なか》の品《しな》との恋の冒険にくり出すきっかけとなる男たちの恋愛談義、雨夜《あまよ》の品定《しなさだ》めに、藤式部丞《とうしきぶのじょう》が語った博士の家の娘との恋愛譚がある。藤式部丞がまだ学生だったころ、ある文章博士《もんじょうはかせ》を師とあおいで学問をしに通っていて、その博士の娘と懇《ねんご》ろになった。男女の睦言《むつごと》を交わしたあとにも、身についた学で政治の心得などを教えてくれて、消息文も仮名を書き混ぜることなく、格式ばった言い回しで書いてよこす。この女を師として漢詩文の作り方なども習ったから恩は忘れていないけれども、家庭的な妻にするには、自分のような学のない者では窮屈なばかり。だんだんと足が遠のいたが、久しぶりにもののついでに立ち寄ってみたらば、いつものように迎え入れてはくれなくて、隔てをおいて応対される。聞けば風邪をひいて熱冷ましの草薬（ニンニク）を飲んだから臭いので対面できないというのだ。女はこの臭いが消えた頃また立ち寄ってください、と言った。男は歌を詠む。

ささがにのふるまひしるき夕暮れにひるま過ぐせと言ふがあやなさ

ささがに（蜘蛛《くも》）が動きだしたら男の来訪があるといわれているように、来訪の予感があったはずの夕暮れにひるまを過ぎたら来いといわれて追い返されるのはむなしい、という歌。「ひるま」には、「昼間」とニンニクの臭いのする間を意味する「蒜間《ひるま》」とがかけられている。女の返歌。

逢ふことの夜《よ》をし隔てぬ仲ならばひるまも何かまばゆからまし

逢うことが夜を隔てず毎夜のことであるような仲ならば昼間／蒜間に逢うのをまぶしく恥ずかしく思ったりはしない、という歌。さすがの即答でしたよ、と藤式部丞が語り終えると、うそばっかり！　出来すぎだぞ、と皆は笑った。

紫式部は、父や兄弟が式部丞で、女房名を藤式部《とうしきぶ》と呼ばれていたらしいのである。この学者の娘の設定は限りなく紫式部自身に近い。自分によく似た才長《さいた》けた女を出してきて、ニンニクで臭いから会えないなどと無粋なことを言わせ、学者の娘ってこんなふうと下げてみせているわけである。

『源氏物語』のなかの滑稽譚

光源氏の恋人たちのなかにも、笑える人物がさまざま登場し、滑稽譚《こっけいたん》がくり広げられもする。末摘花《すえつむはな》は、故常陸宮《ひたちのみや》の娘で宮家の姫君なのだが、古い価値観を引きずっていて古風というよりもはや古臭いといいたくなるほどの人である。顔立ちもまずく、いつも寒々しい格好をしていて鼻の頭を真っ赤にしているので紅花《べにばな》を意味する末摘花と呼ばれている。父宮が残した由緒正しき和歌の作法の本で学んだとおりの歌を詠み、衣のやりとりの際には、「唐衣《からころも》」と涙で袖を濡らすという和歌ばかりを送ってくるのである。

唐衣君がこころのつらければたもとはかくぞそぼちつつのみ
着てみればうらみられけり唐衣返しやりてん袖を濡らして
我が身こそ恨みられけれ唐衣君が袂に馴れずと思へば

いずれもあなたがつれないので涙で袖を濡らしていますという歌なのだが、光源氏は「古代の歌詠みは、唐衣、袂《たもと》濡るるかことこそ離れねな」（古風な歌詠みは、唐衣、袂が濡れるの恨み言から離れられないのだね）と評し、最後にはあきれて次の返歌を詠む。

唐衣又唐衣から衣かへすがへすも唐衣なる

思わず吹き出してしまうような歌である。この歌は結局、末摘花には送らずじまいになるから、光源氏の嘆きの歌は読者を楽しませるために用意されたものだ。光源氏のこの歌が出てくるのは「行幸《みゆき》」巻で、物語の中盤の玉鬘《たまかずら》十帖《じゅうじょう》にある。玉鬘とよばれる女君《おんなぎみ》は、光源氏が若い頃につきあったものの死なせてしまった夕顔《ゆうがお》の娘である。夕顔は、頭中将《とうのちゅうじょう》が雨夜の品定めで語った、娘をなしたのに、北の方ににらまれてどこかに消えてしまった女君である。光源氏は偶然にその女君と知り合って、たちまち夢中になったが、とある廃《はい》屋《おく》で夜を過ごしていたときに、夕顔はなぞの女の霊にとり殺されてしまうのだった。光源氏は、夕顔を思い出すよすがとして夕顔付きの女房を邸《やしき》に引き取ったが、後年、この女房が偶然、娘を見つけてくるのである。娘のほうでは父親の頭中将（そのときは内大臣）に会いたいと思っていたのだが、どういうわけか光源氏のもとにひきとられ、困惑する。

子どもが少ない光源氏は、世の父親がやっている婿取りというのをやってみたかった。そこで玉鬘の素性を隠して、男たちが次々と恋文を送ってくるのを吟味するのである。同時に、はかなく消えた夕顔の面影をたたえる若い娘に光源氏はときめいてもいる。しかし玉鬘を妻にしたところで、紫《むらさき》の上《うえ》より上の扱いにはできまいし、なにしろ内大臣の娘なのである。玉鬘と結ばれるということは内大臣家に婿入りすることになる。それは真っ平御免なのだった。

愉快な玉鬘十帖

玉鬘が自分の娘だとも知らずに内大臣は光源氏に対抗して、どこかで生まれているはずの自分の娘を探し出そうとする。さっそく近江《おうみ》という田舎で生い育った娘が名のりをあげたので、邸にひきとってみたものの、田舎育ちゆえにのびのびとあけっぴろげで悪く言えば下品なのである。うまい和歌が詠めないのは当然として、文章もめちゃくちゃ。筆跡もひどい。誰に習ったのかと思うような角張った字で、それでいて優美にみせようという気だけはあるので、文字をやたらと下に長く引いて書いたりする。とくに話し方がひどく、驚くような早口でまくしたてるようにしゃべる。内大臣が「もう少しゆっくり話してくだされば、寿命が延びる気がするでしょうよ」というと、近江の君《きみ》はそれは「舌の本性」だからもうどうしようもないと主張する。いまは亡き母が、出産の呪法《じゅほう》に産屋《うぶや》に呼んだのが妙法寺《みょうほうじ》のお坊さんで、そのときのお経《きょう》を上げる声が移ってしまったのだ、だからどうやっても変えられないのだ、というのである。

　近江の君は父親に見出されて都にやってきたのがうれしくて、もう便器取りの仕事でもなんでもします！　と張り切っていたのだが、玉鬘が内大臣の子であると知って、扱いの違いに気づいてしまう。玉鬘が尚侍《ないしのかみ》(1)になると聞いて、尚侍に空きがあったなら自分こそがなりたかったと腹を立て、「尚侍におのれを申しなしたまへ」とだれかれともなく責め立てている。宮中の職掌《しょくしょう》には定員があって、尚侍は二名。空きが出ればあらたに任命される。

　内大臣家としては近江の君のような娘を宮中に出すなど恥さらしもいいところで、まずあり得ない話なのだが、これを聞きつけた内大臣は面白がって近江の君をからかう。「光源氏の娘がどんなに立派でも、こちらでぜひにと言えば聞き入れてもらえるだろうから、いまからでも遅くはない。申し文を作って立派に書いてごらんなさい。見事な長歌などを書いたら、きっと見捨てられまいよ、帝《みかど》は情け深い方だから」といってけしかける。

申し文は漢文で書かれるのが普通である。あるいは長歌で帝に訴えを出すというのは、道長の父兼家《かねいえ》が不遇のときにやったことである。『蜻蛉日記《かげろうにっき》』の時代までは書かれていた長歌は、『源氏物語』の時代にはもう廃《すた》れてなかなか扱える人はいない。それを承知で無茶を言っているのである。近江の君は、やまと歌たる和歌ならまだしも、申し文を書くのは難しいから父上からなんとか言ってほしいと言いながら、手をすりあわせて頼むのである。この姿、やりとりが可笑《おか》しくて、はたで聞いていた女房たちは、几帳《きちょう》の後ろで笑いをこらえ苦しくて死にそうになっている。我慢できなくなった女房は部屋から抜け出していった。内大臣は「不愉快な気分のときには、近江の君をみると気が紛れるな」などと笑いのネタにしている。

光源氏ならたとえどんな女君でも恥をかかせるようなことは決してしない。末摘花もそうとうな不調法者《ぶちょうほうもの》だが、それが外に知られるようなことを絶対にさせない。近江の君のうわさを耳にすると、玉鬘は実父内大臣のもとへ行っていたらどんなことになっていたかとつくづくと思わずにはいられない。その意味で、近江の君は玉鬘の幸いを対比的に描くために出てくるのだが、それにしても愉快な一幕である。近江の君が笑われていることに一向に気づいていないのもおもしろい。

玉鬘十帖は、紫式部の筆がのっていて、『源氏物語』全編のなかでもめっぽうおもしろい巻々である。この巻々は紫式部が中宮彰子サロンに出仕したあとで書かれたように思われる。『紫式部日記』には、中宮彰子が第一子を出産したあと、内裏《だいり》に戻るための手土産として『源氏物語』をあらためて書写した本を用意したとある。このとき準備された『源氏物語』にはすでに玉鬘十帖が入っていたとすれば、紫式部の愉快なところを十分に知らしめることができただろう。

『源氏物語』はどう読まれていたか

『源氏物語』のヒロインで、光源氏の最愛の妻となる紫の上は、出会った当初、いまだ男女の交わりもできないほど幼いという設定である。彰子の入内《じゅだい》が十二歳だったことを思うと、この二人が次第に結びつきを強くして仲睦まじい夫婦として育っていく過程、紫の上の素直さ、嫉妬の示し方、ものわかりのよさなどは、そのまま彰子の女子教育にもなっていたように思われる。

『源氏物語』「蛍《ほたる》」巻で紫の上が明石《あかし》の姫君《ひめぎみ》に贈る物語を選んでいる場面がある。このとき世にさまざまある継子《ままこ》いじめの物語をさけてとりそろえたと書かれている。明石の姫君は、明石の君《きみ》の産んだ子で、紫の上自身が継母《ままはは》にあたっている。屋内で育ち、外を出歩いて見聞を広めることのできない女性たちは、物語で世を知り、人生について学んだ。姫君が物語を読んで、継母とはいじがわるく、継子を嫌うものだと思い込まれては困るのである。

また『源氏物語』「蛍」巻には、玉鬘が物語を読んで自分の人生の来し方行く末を想像する場面がある。母親が行方知れずとなったのち、玉鬘は乳母《めのと》の夫の筑紫《つくし》赴任に同行し、そのまま九州の地で育つ。この姫君はきっと都に戻してさしあげなければならないと常々言っていた乳母の夫が亡くなってしまった。子どもたちはみな土地の人と縁づいてしまっていて肥前国《ひぜんのくに》に住み着いている。年頃の都人の娘がいると噂になり、肥後《ひご》の大豪族の大夫《たいふの》監《げん》というむくつけき男が求婚してくる。風流ぶって下手な歌など詠みかけてはくるが、いかにも粗暴で、この人ににらまれたらこの土地では生きていけなくなるような大親分といった風体《ふうてい》。これはとんでもないことになったと夜逃げ同然に船を走らせ急ぎ都に逃げ出してきたのだった。

光源氏の豪華な邸に引き取られ、思う存分物語を読めるようになった玉鬘は、『住吉物《すみよしもの》語《がたり》』を読んで我が身を重ね合わせている。『住吉物語』の女主人公が、継母の奸計《かんけい》で七十歳ほどの、目の周りがただれ、歯も抜け切った恐ろしげな主計頭《かずえのかみ》と結婚させられそうになって、すんでのところで逃げだすなど、大夫監がおそろしかったことを思い出さずにはいられない。同時に玉鬘は物語を読み漁《あさ》りつつ、実の父親に知らされぬまま、光源氏に引き取られ、婿取りをせっつかれながら好意を寄せられるという複雑な状況にある姫君の話はないかと探してもいる。

いま玉鬘は読んだ本、読みたい本を片っ端から書き写しているところだ。当時の本はすべて手書きだから、人に借りた本で自分の手元に持っておきたいと思えば、書き写すしかないのである。それはかなりの労力だ。本があるのは豊かなこと。そうして本当にほしい本があるから、必死になって書き写す。玉鬘が物語に夢中になって書写しているのをみて光源氏はあきれて言う。「やれやれ。女というのは人にだまされるように生まれついているのだね。物語のなかには、まことのことは少ないだろうに、それをわかっていながら、こうしたくだらないことに心をひかれ、騙されて、暑苦しい五月雨《さみだれ》の日に、髪の乱れるのもものともせずに書いているよ」。

物語はあくまでフィクションであって虚言《そらごと》なのに、まんまと術中にはまって夢中になっていると言ってからかっているのである。それでいて、物語作者というのは、よくもまあ読者を夢中にさせるような嘘を上手に書けるものだと感心してみせたりする。

「たしかに物語を読めば退屈しのぎにはなりましょう。それでも、虚言とはいえ、いかにもさもありなんといったふうにもっともらしく書かれているから、でたらめだとはわかっていても心を動かされて、かわいらしい姫君が物思いをしているのに感情移入したりするのでしょう。またこんなことは現実にはあるまいと思いながら、おそろしげに書かれていると、やっぱりおどろいたりして。冷静になって聞いてみれば、おどろいたのが癪《しゃく》なようだけれど、興味をそそられるように実にありありと語られているのだね。このごろ幼い人に女房がときどき読み聞かせているのを立ち聞きすると、ものをいうのが達者な人がいるものですな。物語作者というのは嘘をつき慣れていて口から出まかせをいうのだと思うけれど、そうでもないのかしら。」

こう話しかけられて、玉鬘は光源氏にキッパリと言い返す。「あなたのように嘘偽りになれている人にはそうなのでしょうが、私にはただただ本当のことが書かれているように思えますけれど！」

物語の悪口を言うだなんて我慢がならない。玉鬘は筆の手をとめ、目の前に置いてあった硯《すずり》をずずっと押しやって、光源氏に向き合った。このあたり、物語の書き手は、ただの嘘つきだと光源氏に言わせたうえで玉鬘に反論させるなど、物語作者たる紫式部の自作自演のようである。

「蛍」巻の物語論

光源氏は、ちょっとからかうつもりで物語の悪口を言ったものの、それは本心ではなかった。玉鬘が思いの外真剣だったのをみてとった光源氏はあらためて物語論を語り直す。ここで光源氏が「日本紀《にほんぎ》などはただ片そばぞかし。これらにこそ道々しくくはしきことはあらめ」（日本紀などはほんの片端が書かれているにすぎない。物語にこそ真理というべきことがくわしく書かれているのだ）と言っているのがおもしろい。

というのも『紫式部日記』によると、一条《いちじょう》天皇は『源氏物語』を読み聞かされて、これを書いた紫式部は日本紀を読んでいるだろうね、と言ったので「日本紀の御局《みつぼね》」とあだ名をつけられたとあったからだ。その日本紀なんぞは『源氏物語』にくらべれば、中途半端な書き物だというわけである。日本紀とは、『日本書紀《にほんしょき》』をはじめとした漢文で書かれた歴史書全体をさす。そこには天皇代ごとに出来事が列挙されている。歴史年表のように、出来事が時系列に並んでいるだけで、基本的にはことの因果は描かれない。

物語だからこそ、どうしてそうなったのかという顛末が描き出せるのである。このことは道長にも共有された認識だったろう。道長は、我が栄華を記録する歴史書『栄花物語《えいがものがたり》』を、仮名書きで物語風に書かせた。

光源氏はつづけて言う。

「ある人の身の上をありのままに描き出すことはないにしても、良いことも悪いことも、この世を生きる人々の生きざまの、自分が見ただけではもったいない、自分が聞いて聞き流せないと感じたことを後の世にも言い伝えたいと思い、自分一人の心に秘めてはおけなくて語り出したのが物語のはじまりなのです。良きさまを語ろうとすれば、良きことばかりを選び出し、読者の求めに応じて、また珍しいことを取り集めたりする。そうして描かれたことは、この世の現実なのです。他国の話となれば、語り方はちがうし、同じやまとの国のことと、昔と今とでは異なっているでしょう。物語によって深さ、浅さなど、違いはあっても、ただ単純にそれを虚言だといってしまうのはまちがいでしょうね。」

光源氏は、物語こそが人の世の真実を描き出すのだという。それは現在私たちが小説を読みながら感じていることと同じだろう。見聞きしたことを語り伝えたいと思うというのは、同じく道長の栄華を描いた仮名書きの歴史物語『大鏡《おおかがみ》』の設定がそうである。『大鏡』は、百九十歳の大宅世継《おおやけのよつぎ》と百八十歳の夏山繁樹《なつやまのしげき》というおそろしく長命な老人が見聞きした宮廷社会の出来事を若者に語って聞かせるという設定である。長いスパンの歴史を見聞録として語らせるために、あり得ないほど長生きをしている老人が語る設定となっている。長寿の設定それ自体、虚言だといえるだろうが、だからといってそこで語られたことは、人間の生きざまそのものである。『大鏡』には、日本紀に記された事件の羅列以上の人間ドラマが描き出されているのである。

光源氏はひとしきり物語の効用を説いたあとで、「ところであなたの読んでいる古《ふる》物語には、私のように真面目で馬鹿を見る男の物語はあるかしら」と再び玉鬘をからかう。自分は恋心を秘めて父親としてあなたを扱っているのだけれど、そんなふうに我慢して馬鹿を見る男の話などないだろう、というのである。玉鬘は「わざわざ物語にしたてなくとも、こんなめずらしい話は世語りとしてうわさになります」と言い返す。光源氏と玉鬘のような奇妙な関係を描いた物語などこの世にないと言いながら、その実、読者はいままさに、この二人の物語を『源氏物語』として読んでいる。読者が物語として読んでいることを、さらにメタレベルで物語論として読んでいるという高度に入り組んだ構成になっているのも「蛍」巻の斬新なところである。

紫式部は光源氏の物語論で、物語をくさして、もちあげて、結局は物語の効用を説いている。選子《せんし》斎院《さいいん》のサロンが歌詠みのサロンとして名高かったころ、中宮彰子のサロンは、物語のサロンとして打ち出された。そしてそれは単に、女子どもが夢中になる虚言などではなく、この世の真理を湛《たた》えたものとの自負が紫式部にはあった。

『源氏物語』と男たち

一条天皇が『源氏物語』の作者は日本紀を読んでいるだろうねと言ったことは、『源氏物語』は日本紀に匹敵する、男たちの読むべきものと扱われたことを意味する。日本紀などの漢文で書かれた歴史書は男たちが学問として学び取り、また家の記録として自らが執筆するものであり、男性の修する学問の中核にあった。『源氏物語』のように、日常語で書かれていて、だれにでも読めるものは勉強してようやく手にいれる学問とはちがって、暇な女性たちのための娯楽だったともいえる。それは現在でいえば、辞書を引き引き原書で読むものに対して、すらすらと読める現代小説が娯楽のように感じられるのに似ているかもしれない。しかし『源氏物語』には日本紀のエッセンスが流れているのであって、それは男性にとっても読むべきものだと一条天皇はいわばお墨付きを与えたのである。

『源氏物語』のなかで、政治的手腕に長けている人は、「男々《をを》し」と表現されて、男性的だとみなされている。例えば、内大臣（もとの頭中将）や光源氏の息子の夕霧などがそのように評価されている。対して光源氏はいかにも皇族の出という、優雅でおだやかで、見ているとこちらが思わず笑顔になってしまうような、世の憂さを忘れさせるような人。政治的手腕の面では手ぬるいところがあると内大臣に評されている。事実、光源氏自身も、我が身の至らなさを痛感するところがあって長男夕霧には学問をさせるのである。

『源氏物語』「少女《おとめ》」巻で、夕霧が大学寮の文章道《もんじょうどう》(2)に入るにあたって、光源氏は文章博士たちを呼びよせて夕霧に中国風の名である字《あざな》をつける儀式を二条東院《にじょうとういん》の自邸で盛大に執り行う。この頃には良家の子息は大学寮などには入らなかったから、そんなに豪華な儀式は久しく行われていなかったらしい。上達部《かんだちめ》(3)、殿上人《てんじょうびと》(4)などはめずらしがってこれに参加する。

第一章で触れたように、藤原摂関家が権勢をほこるようになるにつれて、それまで宮中で重用されていた学問はないがしろにされていく。紫式部の父親の為時《ためとき》も花山《かざん》天皇の東宮《とうぐう》時代から学問の師として宮中に出入りしていたのだが、花山天皇が兼家によって帝位を追われるとともに政界から消えた。

宮中など晴れやかな場に出ることがなくなった文章博士は、晴れ着も持っておらず、光源氏の邸に呼ばれたとて着ていくものがないのである。そこでツテを辿って人に借りる。着慣れぬ人の衣装なので身にあっていないのがわかり、見るからに貧乏くさい。

若い公卿《くぎょう》たちはそれをみて笑ってしまうのだが、学者たちは大真面目で、若者たちを「静かに！　非常識だ、出て行きなさい！」などと叱りつけたりする。なんとも異様な雰囲気なのだが、大学寮を出た学者筋の上達部たちはしたり顔に余裕の笑みを浮かべていたりもする。道長に学問で伴走した藤原行成《ゆきなり》などはここで余裕をみせているクチだろう。

儀式が果てたのち、光源氏は博士、才人たちを召して夜通し漢詩をつくる宴を行う。博士たちのつくった漢詩は、高貴な家に生まれ世の栄華にひたっていればよいはずの身でありながら、夕霧が学問の道に入ったことを讃《たた》える詩である。光源氏もここで漢詩を披露し、それがあまりに優れていたので読み上げる博士が涙を流したとある。どんなにすばらしい漢詩なのか知りたいものだが、「女の知らぬことを書き出すのは見苦しいと嫌がられるので、書き漏らした」とあって漢詩は書かれない。

学問を重んじた光源氏と藤原道長

『源氏物語』では男性貴族たちが漢詩をつくり合う場面がたびたびでてくるが、ただのひとつも漢詩そのものは出てこない。登場人物が詠んだ和歌はふんだんに出てくるのに漢詩は書かれていないのである。紫式部は当然、漢詩をつくる能力があったと思うが、なにしろ『紫式部日記』に漢字の一でさえ書けないふりをしていたなどと書いているぐらいなので、男性のするものといわれる漢詩を披露したりはしないのである。ただし、博士がつくった漢詩の説明として「窓の蛍をむつび、枝の雪を馴らし給ふ心ざしのすぐれたるよし」と書いていて、「蛍の光窓《ひかりまど》の雪」ではないが、いかにも中国の故事にならった詩句にありそうな表現でその知識をこっそり披露してもいる。

大学寮では、寮試と呼ばれる試験がある。光源氏は息子の試験合格にむけて、大内記《だいないき》を召して家庭教師としてつけた。大内記は天皇の下す詔勅《しょうちょく》などを漢文体で書く役人である。

夕霧はメキメキと才覚を発揮する。光源氏は喜んで大内記と酒をくみかわす。大内記はよもや光源氏と盃《さかずき》を交わすような栄誉に預かろうとは思いもよらなかっただろう。ひどく痩せていて貧しげである。たいへんな変わり者で学才のわりには政界で重用されていなかったが、源氏はこの人の学識を見抜いたのである。まさに身に余る光栄といったところ。大内記には、紫式部の父親のイメージが重ねられているのだろうか。『源氏物語』にはこんなふうに書かれている。

むかしを思い出させるように大学の栄えるころで、上中下《かみなかしも》の人、我も我もとこの道をこころざして集まってくるので、ますます世の中には学識のある人が多くなっている。夕霧は文章生《もんじょうのしょう》、擬文章生《ぎもんじょうのしょう》(5)などの試験を次々と突破し、ひたすら学問に専念している。師も弟子もますます学問に励む。光源氏の邸では漢詩をつくる会が頻繁に行われ、いまや博士、才人たちが世に認められる時世となった。すべて何事につけても道々の才能が世に認められるようになった。

光源氏が学問を重んじたおかげで大学寮は栄えた。光源氏の子であるとか、権勢家の子であるとかいったものは、時勢にしたがってあっというまにうつろっていく。そんなものは政治家の根拠にはならないのである。政治家たるもの、ゆるぎない学識があってこそだと紫式部は書く。それは天皇の外祖父《がいそふ》になることをただ競い、天皇の親族であることを根拠として君臨する摂関政治そのものへの強烈な批判のようにもみえる。

長く散位にあった為時を越前守《えちぜんのかみ》に抜擢《ばってき》したのは道長だと言われている。すると道長は、学問を重んじた光源氏の姿に重なるといえるかもしれない。「少女」巻のくだりは、男性の政治家たちにも一つの指針を示したものとなっただろう。道長が行成を手放さなかったのも、学問の大切さをわかっていたからなのかもしれない。雨夜の品定めのニンニクの女は、学者の娘として、若き藤式部丞に漢詩を教え、政治のイロハを教えたとある。『源氏物語』が語ることは、しっかりとした学者の娘の語ることとして、男たちの政治にも影響を及ぼし、ある指針を与えたにちがいない。

第八章　女が歴史を書く

配流の光源氏像

道長《みちなが》の栄華を描いた歴史物語『栄花物語《えいがものがたり》』には、『紫式部日記《むらさきしきぶにっき》』の中宮彰子《ちゅうぐうしょうし》の皇子《おうじ》出産の記録が引用されているから、『紫式部日記』の影響下にある。その『紫式部日記』のなかに、『源氏物語《げんじものがたり》』を書写して彰子出産後に内裏《だいり》に還御《かんぎょ》（1）するさいの手土産として準備したとあるのだから、『栄花物語』は『源氏物語』の影響下にもあるといえる。

その『栄花物語』が光源氏《ひかるげんじ》になぞらえて描くのは、道長ではなくて、道長との政争に敗れて政界を追われる伊周《これちか》のほうである。伊周は中宮定子《ていし》の兄にあたり、父親の道隆《みちたか》が亡くなると政界トップの座を継いだ。ところが長徳《ちょうとく》二（九九六）年、長徳の変《へん》といわれる事件が起こる。伊周が弟の隆家《たかいえ》とともに花山《かざん》院に矢を射かけたのである。さらに伊周が、朝廷だけが行うことが許される霊力《れいりょく》の強い大元帥《だいげんの》法《ほう》を行って呪詛《じゅそ》していたことが発覚する。女《にょ》院詮子《いんせんし》が物《もの》の怪《け》に悩まされている時期でもあって、伊周のせいだといううわさにもなった。賀茂祭《かものまつり》などの大事な行事を終えたころ、いよいよ伊周と隆家に対する処罰が下されるというので、伊周も隆家も門を閉ざして邸《やしき》にこもっておびえている。邸に仕えていた者たちには何があってもついていくなどという殊勝な人はおらず、我《わ》れ先にと逃げ出していっている。やがて検非違使《けびいし》が派遣され伊周の邸はものものしく取り囲まれた。宣命《せんみょう》が読まれる。

「太上天皇《だいじやうてんわう》を殺したてまつらむとしたる罪一つ、帝《みかど》の御母后《ははきさき》を呪はせたてまつりたる罪一つ、公《おほやけ》よりほかの人いまだおこなはざる大元法《だいげんのほふ》を、私《わたくし》に隠しておこなはせたまへる罪により、内大臣を筑紫《つくし》の帥《そち》になして流し遣はす。また中納言をば出雲権守《いづものごんのかみ》になして流し遣はす」（『栄花物語』「浦々の別《わかれ》」）

花山院を殺そうとした罪、一条《いちじょう》天皇の母である女院詮子を呪った罪、大元帥法を私に行った罪によって、伊周が大宰府《だざいふ》、隆家が出雲に左遷となった。伊周は出立《しゅったつ》の前に亡き父道隆の眠る木幡《こはた》に参拝したいと考えて、警護の隙をぬって邸を抜け出す。

配流《はいる》の前に、父の墓前に参るのは、『源氏物語』で光源氏が須磨《すま》に行く直前に桐壺《きりつぼ》院の墓に参る場面に重なる。

伊周が木幡に向かったのは、明るい月夜の晩だったが、墓所はうっそうと木暗《こぐら》く、木の間から漏れ出る月明かりを頼りにあちこちに立つ卒塔婆《そとば》を見て墓前にたどりついたと書かれている。

『源氏物語』でも光源氏はやはり月夜の晩に桐壺院の墓前へと出かけていく。桐壺院の御陵《ごりょう》は山にある。山の上は木が鬱蒼《うっそう》としていて暗いのである。月も雲に隠れてしまった。光源氏は歌を詠む。

なき影やいかが見るらむよそへつつながむる月も雲隠れぬる

亡き桐壺院はどう思うだろう。故院《こいん》によそえて仰ぎ見る月も雲に隠れてしまった、という歌である。

重なる伊周と光源氏

『栄花物語』によると伊周は、墓参ののち、北野《きたの》天神《てんじん》に参っている。無実の罪で大宰府流離《りゅうり》となった先人に請願しようというのである。その起請文《きしょうもん》は漢文で書かれるべきものである。ここに『栄花物語』は「この天神に御誓ひたてて、才《ざえ》おはする人にて、申したまふことかぎりなし」と書いている。伊周は学識のある人だという点でも光源氏に似ている。

一方、邸では伊周の姿が見えないことが検非違使に知られてしまった。邸に踏み込んで塗籠《ぬりごめ》[2]から天井裏まで探して見つけ出すよう命令が下る。貴人の邸に下人《げにん》が立ち入ってあちこち壊してまわっていてまことに禍々《まがまが》しい。そこへ悠然と伊周が車に乗って帰ってきた。そのさまを『栄花物語』は次のように書く。

　御車、御門《かど》のもとにてかきおろして、内大臣殿おりさせたまふ。検非違使どもみなおりて土に並《な》みゐたり。見たてまつれば、御年は二十二三ばかりにて、御かたちととのほり、太りきよげに、色合《いろあひ》まことに白くめでたし。かの光源氏もかくやありけむと見たてまつる。薄鈍《うすにび》の御衣《ぞ》の綿《わた》うすらかなる三つばかり、同じ色の御単《ひとへ》の御衣、御直衣《なほし》、指貫《さしぬき》同じさまなり。御身の才《ざえ》もかたちもこの世の上達部《かむだちめ》にはあまりたまへりとぞ人聞ゆるぞかし、あたらものを、あはれに悲しきわざかなと、見たてまつるに、涙もとどめがたくてみな泣きぬ。

　車から内大臣（伊周）が降りてくると、検非違使どもは居並んでその場にひかえる。伊周は歳の頃、二十二、三歳の男盛り。容姿端麗で、ふっくらと美しく、肌の色は白くて魅力的だ。ここで『栄花物語』は、「かの光源氏もかくやありけむ」、かの光源氏もこんなふうであったのではないかと人々が見ていると書く。伊周は学識も容姿も、世の貴族とは段違いである。いま光源氏が須磨へ蟄居《ちっきょ》するように配流されようとしている。宮廷社会の人々にとって、伊周こそが『源氏物語』に描かれた光源氏なのである。

『栄花物語』では、伊周が配所《はいしょ》(3)に出立する段において、母親の高階貴子《たかしなのきし》が腰に抱きついて一緒に車に乗ってしまったとしている。山崎関戸院《せきどのいん》に行き着いたところで、伊周が病いに倒れた。これが奏上《そうじょう》されて、伊周は播磨《はりま》に、隆家は但馬《たんば》に留めおくとの宣旨《せんじ》が下された。大宰府ほど遠くないところにとどまるのだからと伊周が説得し、母の貴子は都に戻って行った。播磨とは『源氏物語』で光源氏と明石《あかし》の君《きみ》が出会った地である。『栄花物語』は、明石の地で伊周に和歌を詠ませている。

もの思ふ心の闇し暗ければ明石の浦もかひなかりけり

もの思いに沈む心は闇の暗さで、明るいはずの明石の浦も甲斐がない、という歌。浦の縁語である「貝」と「甲斐」がかけことばになっている。この歌は、「筑紫に下り侍りけるに、明石といふ所にてよみ侍りける」という詞書《ことばがき》がついて『後拾遺和歌集《ごしゅういわかしゅう》』五二九番にも収められている。

さらに『栄花物語』では、柿本人麿《かきのもとのひとまろ》の歌「白浪はたてど衣《ころも》に重ならず明石も須磨もおのが浦々」を引いて、伊周に次の歌を詠ませている。

かたがたに別るる身にも似たるかな明石も須磨もおのが浦々

人麿の歌は、白浪が「立つ」と布を「裁つ」とがかけことばになっていて、布は重ねて縫うことができるけれども、明石と須磨を重ねることはできない、という意。それぞれの浦であるという「浦々」には布の裏地をかけた「裏々」を響かせている。ここで伊周はせめて隆家と同じ所へ配流となるならよかったのに、という意味で都からの道中、ついに別れていくところで詠んだ。方々に別れていく我々の身に似ていることだな、明石と須磨が別の浦なのは、という歌である。須磨、明石といえば『源氏物語』で光源氏が蟄居したところ。ここにも光源氏の姿が重ねられている。

ところが母の貴子の病いが重くなり、どうしても死ぬ前に伊周にもう一度会いたいと言っているということが播磨の地に伝わって、伊周はこっそりと都に舞い戻ってきたのである。これが発覚して、もとのとおりに筑紫配流とされてしまった。ここに『栄花物語』は筑紫配流に対する世の人の世評を書き込んでいる。ある人は「悪いことをしたのだからあたりまえだ」といい、また少し物の心を知り心ばえのある人は「母親が臨終の床で、伊周に一目会いたい、伊周に一目会いたいと寝ても覚めても言っていたのを、我が身が破滅してもかまわぬと思ったのだろう」と同情している。

　ここでいう「物の心を知りたる心ばへある人」というのは、『源氏物語』「桐壺」巻で弘《こ》徽殿女御《きでんのにょうご》方が光源氏を疎《うと》んじているのに対して、光源氏の側につく人たちについて言われている表現だった。光源氏のあまりの美しさに「物の心知りたまふ人は、かかる人も世に出でおはするものなりけり、とあさましきまで目をおどろかし給ふ」（ものの情理をわきまえている人は、このような方も世に出ていらっしゃるものなのだ、と意外なほど目を驚かせている）と書かれていた。その後まもなく貴子は亡くなってしまう。伊周は母の死の報を配所で聞いている。

　やがて長徳二（九九六）年十二月に定子が女児を出産する。定子が第一皇子となる敦康《あつやす》親王を出産するのは、長保《ちょうほう》元（九九九）年十一月七日だが、伊周はそれより前の長徳三（九九七）年に赦免され、その年の十二月には都に帰還し元の位の正三位《しょうさんみ》に復している。

二位の新発意の吉夢の実現

ところが『栄花物語』では二位の新発意《しぼち》と呼ばれる奇妙な人物を出してきて、皇子誕生の予知夢を語らせ、それがゆえに伊周が帰還するものと演出するのである。二位の新発意、高階成忠《なりただ》は、高階貴子の父、つまり定子、伊周らの母方の祖父にあたる。『栄花物語』で一条天皇が即位し兼家《かねいえ》が摂政《せっしょう》となったのを描いた巻第三「さまざまのよろこび」にまずは道隆の正妻の父親として登場する。高階成忠は、学識が深く変わり者とみられており、成忠の息子たちは各地の地方官をしている、典型的な受領《ずりょう》[4]階級である。なかでも娘の貴子が父の学識を受け継いで真名（漢字）を書くのが得意だったので、円融《えんゆう》天皇代に高内侍《こうのないし》と呼ばれて宮仕えしていた。そのころには中納言だった兼家の長男道隆が見初め、貴子は道隆の正妻として定子、伊周などを産んだのである。

兼家の後、道隆が摂政にのぼったとき、高階成忠を従二位《じゅにい》につけ、成忠は、高二位《こうにい》と呼ばれるようになる。巻第四「みはてぬゆめ」で、道隆が病いにたおれたときには「二位の新発意」と呼ばれているから、このころには出家して仏道に入ったのだろう。二位の新発意がせっせと祈禱をしていることが幾度か語られている。伊周が配流となったことを語る巻第五「浦々の別」で、この二位の新発意は、女子出産後に里邸《さとやしき》にとどまっていた中宮定子に次のように語って参内《さんだい》を勧めている。

「たびたび夢に伊周らが召し還されるのを見ているのに今まで音沙汰がなくきています。それでもそれを信じて参内なさい。祈禱を一心に行って寝たときの夢に、男宮《おとこみや》が生まれるという夢をみましたので、このことでやはりすぐにも宮中に参内しなさいと、申し上げようと思って来たのです。文で知らせてはどこかへ漏れてしまうと思いまして」

二位の新発意は、男宮が誕生するという吉夢《きちむ》をみたのである。吉夢は実現するまでは秘しておかねばならない。だから定子のもとに口頭で伝えるためにわざわざやってきたというのだ。定子は言われたとおり内裏に参り、やがて懐妊し、予言通りに男宮を産んだ。『栄花物語』では、二位の新発意の予知夢に伊周召還の沙汰も入っていて奇妙に霊力の強い新発意が招き寄せた幸いとして描いている。

ここで読者は『源氏物語』の明石一族の幸いの物語を思い起こすだろう。『源氏物語』で「新発意」と呼ばれているのは、明石《あかし》の入道《にゅうどう》である。明石の入道は、播磨守《かみ》を辞して仏道に入り、「前《さき》の守、新発意《しぼち》」と呼ばれている。娘が都人《みやこびと》と結ばれて、その子が后《きさき》の位にのぼるのを長く住吉神社《すみよしじんじゃ》に祈禱しつづけていた人である。娘が流離してきた光源氏と結ばれ、女子を産み、その子が天皇の後宮《こうきゅう》に入内《じゅだい》し次代の天皇を産み、中宮にのぼる。それが実現したときはじめて、明石の入道は明石の君が生まれるときに見た吉夢を明かすのだった。明石の君は住吉神社に願ほどきのお礼参りに出かけている。

　それでいくと、二位の新発意の願が叶ったからこそ定子は男宮を産んだということになる。明石の入道がすべてを見届けたのちに山に入って姿を消したように、二位の新発意は若宮誕生を見届けてのち、赤瘡《あかがさ》（麻疹）にかかって亡くなったらしい。

呪《のろ》いとは呪《まじな》いである

　長保元（九九九）年十一月一日の中宮彰子の入内は、中宮定子が男宮を出産する、ほんの数日前のことだった。ところが『栄花物語』では定子の第一皇子出産を巻第五の「浦々の別」に入れ込み、伊周の帰還と結びつけ、彰子入内については、巻をあらためて「かかやく藤壺《ふじつぼ》」に描いた。

「かかやく藤壺」冒頭、彰子が十二歳で裳着《もぎ》を行い、長保元年十一月一日に入内したとある。一条天皇は彰子が持参した調度《ちょうど》にたちまち目を奪われ、とりわけ巨勢弘高《こせのひろたか》が絵を描き、行成《ゆきなり》が歌を書いた冊子《そうし》に惹《ひ》きつけられたとある。

　行成の日記、『権記《ごんき》』長保二（一〇〇〇）年三月十六日条には、一条天皇に直接たのまれて手跡《しゅせき》を献上したことが書かれているから、本当に行成の書は一条天皇に気に入られたのだろう。彰子サロンは、はじめからすぐれた書物のあるところとして印象づけられた。

　定子が第一皇子を産んだ長保元年十一月七日に、道長は『御《み》堂関白記《どうかんぱくき》』に彰子が女御となったことを記している。『栄花物語』に描かれる彰子入内のさまも一条天皇の寵愛《ちょうあい》があつく終始円満である。

　ところが、行成の記した『権記』をみると十二月九日条に一条天皇が眼病を患ったとある。陰陽師《おんみょうじ》の県奉平《あがたのともひら》に占わせてみると妙見《みょうけん》(5)が祟《たた》っているとのことで、霊巌寺《れいがんじ》の妙見堂を修理させたという。その二日後の十二月十一日条に一条天皇の眼病がいまだ平癒《へいゆ》しておらず女院詮子が祈禱を命じたことが記されている。一条天皇が病いに倒れてはこののち彰子立后が決まっても元も子もないのである。

『権記』の彰子立后記事は、長保二年二月二十五日条にあり、遵子《じゅんし》の皇后宮職を皇太后宮職とし、定子の中宮職を皇后宮職とし、彰子の新后宮を中宮職としたとある。道長にとって吉事だが、直前の二月二十三日条には、日蝕があり、陰陽師安倍吉昌朝臣《あべのよしまさあそん》が変異の密奏《みっそう》(6)をしたことが書かれている。安倍吉昌は安倍晴明《せいめい》の息子である。

『権記』長保二年三月一日には再び日蝕が記録され、四月七日には天文博士《てんもんはかせ》の県奉平が「火事を慎むよう」密奏している。この日、暴雨大雷で、豊楽院《ぶらくいん》の招俊堂《しょうしゅんどう》が落雷で焼けた。道長の『御堂関白記』の同日の記録には、豊楽院招俊堂に雷が落ち、神火《しんか》の禍《わざわ》いがあるなりと書かれている。

『権記』によれば、長保二年四月二十七日から道長は病悩《びょうのう》し、五月十一日条には、道長に厭魅《えんみ》(7)、呪詛がかけられていることが書かれている。同時に女院詮子も病んでいるのだが、五月十九日条には、関白となり七日で亡くなった兄の道兼《みちかね》の霊が現れ、生きていたときの意気で道長に物申したとある。『権記』五月二十五日条には、道長にとり憑《つ》いた物の怪（邪気）が「前帥《さきのそち》、伊周を本官、本位に復すよう、そうすれば病悩は平癒する」といったとある。

さらに『権記』五月二十二日条には、道長病気平癒のために興福寺《こうふくじ》の僧に大般若不断経《だいはんにゃふだんきょう》の諷経《ふぎん》を依頼したが、先年女院詮子の病気平癒のために大般若経諷経を行ったときには、高二位（高階成忠）の霊が出てきたとある。二位の新発意は死してなお強い霊力をもって呪っていたらしい。

道長の病いが平癒するのは『権記』によれば六月二十七日のことである。病いとは物の怪の祟りなのである。道長がしばしば呪詛され、物の怪にとり憑かれていることを、『栄花物語』は定子の死が描かれる巻第七「とりべ野」に歴史的日時不明の一節として書く。道長が病悩し物の怪にとり憑かれると、常軌を逸するほどありとあらゆる祈禱を行わせ、陰陽師に占わせたことが書かれている。呪《のろ》いとは呪《まじな》いである。道長はあらゆる手を尽くして我が身を守る祈禱をさせたのであろう。

『源氏物語』の物の怪

『源氏物語』には、陰陽師が扱う呪《のろ》いは書かれない。その代わり強い霊力をもった物の怪が女をとり殺すのである。光源氏の恋人の一人であった六条御息所《ろくじょうのみやすどころ》は、生き霊《りょう》として光源氏の正妻葵《あおい》の上《うえ》をとり殺し、死後に死霊《しりょう》となって紫《むらさき》の上《うえ》にとり憑き、女三《おんなさん》の宮《みや》を出家させるに至った。六条御息所の恨みと憤怒《ふんぬ》が光源氏ではなく女に向かうのは、本当は光源氏にとり憑きたいのだが守りが強く近づけなかったせいである。

あるいはまた宇治十帖《うじじゅうじょう》で、宇治の大君《おおいぎみ》をとり殺し、浮舟《うきふね》にとり憑いた物の怪は、横川《よかわ》の僧都《そうず》の前に姿を現し、我は恨みを残して死んだ法師だが、大君は殺せたが、浮舟は観音が守っていたので調伏《ちょうぶく》されて出てきてしまったのだと言った。浮舟は母と長谷寺《はせでら》にしばしば参詣していたおかげで観音に守護されていたのである。守りが固ければ物の怪をかわすことができる。

『栄花物語』が大々的に語る道長の寺社参詣は、寛弘《かんこう》四（一〇〇七）年八月の金峯山寺《きんぷせんじ》参詣だが、『御堂関白記』をみれば道長個人の参詣は他にもさまざま行われている。道長が金峯山寺に参った翌年、寛弘五（一〇〇八）年九月十一日に彰子は男宮を出産する。男児出生の祈願だったとみることができる。

先にも述べたように『栄花物語』が描く彰子の皇子出産は、『紫式部日記』が書き取った出産記事がそっくり引用されて、どの出産記事よりも詳細かつ長大である。ただし、『紫式部日記』によれば、出産後、彰子が内裏に戻る際に用意された冊子は『源氏物語』なのだが、『栄花物語』では、『古今和歌集《こきんわかしゅう》』、『後撰和歌集《ごせんわかしゅう》』、『拾遺和歌集《しゅういわかしゅう》』といった勅撰和歌集の新しく書かせたものを持たせたとある。行成の『権記』寛弘五年八月十五日条には、道長に先月二十八日に借りた『後撰和歌集』をあらたに書き写したものを添えて返したとあって、ここで公式に用意されたのは一条天皇が好んでいる行成の書による本であったらしい。『栄花物語』には光源氏の名はみえても、紫式部《むらさきしきぶ》が『源氏物語』を書いたことにはふれない。『紫式部日記』を引用したにもかかわらず、『栄花物語』では紫式部の姿は消されているのである。出産後五日目の五夜の産養《うぶやしない》で、(8)「女房、さかづき」と杯がまわってきたときに、歌詠みとして名高い公任《きんとう》がそばにいるのに恐縮しながら詠んだ歌「めづらしき光さしそふ盃はもちながらこそ千代《ちよ》をめぐらめ」がある。ここには「紫ささめき思ふに」と書き込まれているから紫式部らしき女房《にょうぼう》が詠んだとわかる。しかし、その後の五十日《いか》の祝《いわい》(9)で道長と交わした言祝《ことほ》ぎ歌は、だれが詠んだのかがわからない状態で引用されている。この慶事に名を残すのは紫式部ではない。歴史においてここに名を残すのは、生まれたばかりの若宮の乳付《ちつけ》役、藤原有国《ありくに》の妻で一条天皇の乳母《めのと》である橘三位《きのさんみ》（橘徳子《たちばなのとくし》）なのである。

ともあれ『栄花物語』は彰子の皇子出産を大きく描くことで、のちに定子が残した第一皇子を引き越して即位することの正当性を裏付けるものとなった。

物語が政治を動かす

物語が女の人生を照らす参照枠になるというのが、『源氏物語』の基本的な態度である。第七章でみたように、玉鬘《たまかずら》は我が身と重ねて『住吉物語《すみよしものがたり》』を読んでいた。肥後《ひご》の大夫監《たいふのげん》のようなむくつけき男と『住吉物語』の七十歳ほどの恐ろしい形相《ぎょうそう》の老人とを重ねていたのだが、結局は髭黒大将《ひげくろたいしょう》という、どちらかというと「むくつけき男」に属する男と結婚するはめになったのは皮肉である。

　これほど象徴的ではないとしても、自分の行く末を物語から想像しようとする例は、他にも『源氏物語』宇治十帖に描かれている。政争に負けて宇治に暮らす桐壺天皇の八《はち》の宮《みや》は、二人の娘を残して死んでしまう。その後に娘たちのめんどうをみるのは八の宮を慕っていた薫《かおる》である。薫は姉の大君と結ばれたいと願っているが、大君は、そうすれば妹が一人になってしまうと気に病んでいる。姉としては、妹を薫に縁づけ、自分は独身をとおしたほうがいいと考えている。

　ところが支柱を失った八の宮邸の女房たちは、もはや薫しか頼る人はいないのだから、ここは薫の望みどおりに大君をもらってもらうのが得策だという考えだ。「総角《あげまき》」巻には、薫が弁《べん》の君《きみ》という女房に語らっているようだが、昔物語をみても、男女の関係というのは女の思惑ではなく、みな女房のしわざで起こるものなのだからと、大君が警戒していると書かれている。『源氏物語』のなかで、玉鬘に髭黒大将を手引きしたのは弁のおもとという女房だし、柏木《かしわぎ》を女三の宮のもとへ導き入れて薫誕生のきっかけをつくったのも乳母子《めのとご》の小侍従《こじじゅう》という女房であった。

『源氏物語』自体が女房が手引きした男女関係を描いてきたのだが、その物語の登場人物たる大君が、それを物語から学んでいるというメタ構造になっているのがおもしろい。こうして物語は、世のありようを教えてくれる。しかしそれだけではない。物語が現実を変えてしまうことがあるのである。

寛弘八（一〇一一）年五月に一条天皇が病悩し、譲位を考えはじめる。東宮《とうぐう》が三条《さんじょう》天皇として即位すると、次の東宮を決めなければならない。一条天皇の第一皇子は定子出生の敦康親王だが、すでに定子は亡く、伊周も前年寛弘七（一〇一〇）年正月二十八日に亡くなっている。いま政界のトップにいる道長の娘、彰子は第二皇子として敦成《あつひら》親王を産んでいる。行成の『権記』寛弘八年五月二十七日条によれば、行成は敦康親王についてどうするべきか相談を受けたとある。

行成の説得

行成は、まず第一皇子が即位しなかった歴史的な先例を並べてみせる。清和《せいわ》天皇は、文《もん》徳《とく》天皇の第四皇子だった。文徳天皇は第一皇子を産んだ紀静子《きのしずこ》を寵愛していたけれども、惟喬《これたか》親王を引き越して第四皇子が即位したのは、外祖父《がいそふ》が藤原良房《よしふさ》であったためだと説く。

いま道長が第二皇子の外戚《がいせき》であり、第一皇子の敦康親王を東宮としても承諾しないだろう。仁明《にんみょう》天皇代に皇太子となった恒貞《つねさだ》親王は結局は良房に廃されてしまった。行成の説明によれば、その良房の立場にあるのが現在の道長である。

しかし行成の説得は外戚の問題に終わらないのである。そもそも敦康親王が即位しても、みなが和すことができないと説く。その理由は、藤原定子の母方の祖父は高階貴子の父高階成忠なわけだが、高階氏の先祖は斎宮《さいぐう》の事件とかかわっているからだという。この斎宮の事件というのが『伊勢物語《いせものがたり》』に語られている斎宮の密通事件のことなのである。『伊勢物語』が「伊勢」物語であるのは、六十九段の「狩の使《つかい》」に由来する。男が伊勢の国に狩の使に出かけ、伊勢斎宮と夜を共にし、歌を詠みあったという物語である。

君や来《こ》しわれやゆきけむおもほえず夢かうつつか寝てかさめてか

かきくらす心のやみにまどひにき夢うつつとは今宵《こよひ》さだめよ

女の歌は、あなたが来たのでしょうか、私が行ったのでしょうか、夢でしょうか現実でしょうか、寝ていたのか覚めていたのか、というもの。男は、会えない悲しみに暮れて心の闇にまどっています、夢か現実かは今宵見定めてください、という歌を返した。このやりとりが『古今和歌集』六四五番、六四六番に次の詞書を伴って収められている。

> 業平《なりひら》朝臣の伊勢国《いせのくに》にまかりたりける時、斎宮なりける人に、いとみそかに逢ひて、
> またの朝《あした》に、人遣るすべなくて思ひ居《を》りける間《あひだ》に、女のもとより遣《をこ》せたりける

女の歌は「読人しらず」とあるが、『伊勢物語』には、「斎宮は水の尾の御時、文徳天皇の御女《むすめ》、惟喬の親王《みこ》の妹《いもうと》」と明かされている。清和天皇代に伊勢神宮の斎宮に卜占《ぼくせん》されたのは文徳天皇の娘で惟喬親王の妹恬子《てんし》内親王である。恬子内親王と在原《ありわらの》業平とのあいだに生まれた子が高階師尚《もろひさ》で、伊勢権守《ごんのかみ》であった高階峯緒《みねお》が息子高階茂範《しげのり》の養子として育てたという風聞があるらしいのだが、その根拠となるのは『伊勢物語』である。物語に語られ、当時だれもが知る『古今和歌集』で有名だった業平と斎宮の恋物語が、現実の東宮即位において一大事としてとりたてられているのである。行成は、その末裔《まつえい》たる高階氏の流れをくむ敦康親王では、伊勢の大神宮に祈り謝らねばならぬことになると説いた。

在原業平の密通事件

『源氏物語』の主人公、光源氏は、『伊勢物語』の業平像を多分に引いている。光源氏の須磨流離には、やはり文徳天皇代に須磨にこもることになった在原行平《ゆきひら》の歌「わくらばに問ふ人あらば須磨の浦に藻《も》塩《しお》たれつつわぶとこたへよ」（たまさかに私のことを問う人があらば、須磨の浦で藻塩草から潮水が垂れるように涙をこぼしながら、心細く過ごしていると答えよ）が引用されている。

在原行平、業平兄弟は、阿保《あぼ》親王の子である。阿保親王は、大同《だいどう》五（八一〇）年の薬子《くすこ》の変《へん》で大宰府に流されている。その後、阿保親王は都に帰還するが、息子たちには在原の氏を与えて臣籍降下《しんせきこうか》させている。

業平が斎宮と密通して子をなしたことが、後の世になって即位を妨げる事件としてとりたてられている。業平は惟喬親王に近いところにいた人である。行成が、周到に惟喬親王が即位しなかったという例を出しているのは、業平の密通事件と結びつけるためでもある。とはいえ業平は元慶《がんぎょう》四（八八〇）年に死去している。遠い過去の人であり、もはや物語のなかの人である。

ところがその面影をおう光源氏の物語がいまの世に盛んに読まれている。その『源氏物語』のなかで、光源氏は桐壺天皇の后である藤壺と密かに通じ若宮をもうけた。その子は、表向きは桐壺天皇の子として即位する。いま光源氏の子が即位した物語の是非がまさに現実の天皇代で問われているのである。光源氏と藤壺の子は冷泉《れいぜい》帝として即位するが在位中に男児をもうけることなく一代で去っている。この密通事件を認めることができるのかどうか、行成はつきつけるのである。

一条天皇は行成のいうとおりに敦成親王を東宮につけた。『栄花物語』では、この決定に対して彰子が道長に文句をいい、道長が天皇の決めたことにたてつくわけにはいかないと説得したと描かれている。道長としては、三条天皇を一刻も早く退位させ、彰子の産んだ子を即位させたいところだ。そもそも三条天皇は、冷泉天皇の子で、円融天皇の子である一条天皇とは別系統にある。三条天皇の兄は兼家に排斥された花山天皇であり、三条天皇の長子の敦明親王は小一条院として即位することなく院として扱われることになる。敦成親王が東宮に決まれば、三条天皇退位ののちに、彰子が国母《こくも》となり道長は、ついに外戚として摂政となるときがくる。その時こそが道長の権勢の完成である。

『栄花物語』は道長の死を描いているから、道長の死後に完成したものといえる。その意味では道長の栄華を描いたというより彰子の栄華を描いたというべきかもしれない。いずれにしろ女の書く歴史はフェアである。

　巻第三十「つるのはやし」で語られる道長の死はそれ自体、おおがかりな大事として描かれている。道長の死の床は、自身がつくりあげた私寺の法成寺《ほうじょうじ》にしつらえられた。九体《くたい》阿弥陀の手から糸を引いて、北枕で西向きに寝ている道長の手にとらせる。死の瞬間には糸を引いて阿弥陀仏が極楽へと導いてくれるだろう。道長が万寿《まんじゅ》四（一〇二七）年十二月四日巳《み》の時についに亡くなったとき、胸より上は生きているかのように温かく、念仏を唱えているかのようにいつまでも口を動かし続けていたと書かれている。

　念仏僧だけでも「奈良、三井寺《みいでら》、比叡《ひえい》、岩蔵《いわくら》、仁和寺《にんなじ》、横河《よかわ》、法性寺《ほうしょうじ》」をはじめ錚々《そうそう》たるメンバーが集《つど》い、比叡山延暦寺《えんりゃくじ》の座主の院源《いんげん》が導師を勤め、言を尽くして道長を送る。座主は仏の教えどおりに最後まで乱れることなく念仏を唱えながら亡くなったのだから、今は極楽の上品上生《じょうぼんじょうしょう》の位にいらっしゃるだろうと讃《たた》えた。

　表立っては一言も書かれなかったけれども、『栄花物語』は行成こそが道長の栄華に伴走したことを知っている。道長の葬送のあと、行成が同じく四日の道長の死した瞬間にともに亡くなったのだとわざわざ書いているのである。

　行成の死につづいて書かれているのが、道長の死後、彰子出生の後一条天皇后威子《いし》がみた夢である。夢のなかで、若くて美しい僧が、立文《たてぶみ》を持ってやってきてそれを渡された。どこからの文かときけば、道長の文だという。喜んで開いてみると、道長はいま「下品《げぼん》下生《げしょう》」にいると書かれてある。威子は「まったく意外な、そんなはずはないのですが」というと、僧は「なんとおっしゃる。それでも並ひととおりのことではないのに」と言った、という夢である。極楽には、九つの位がある。九体阿弥陀はその九つのステージをそれぞれ表すものとされている。なかで下品下生は一番下である。葬儀の場で道長の極楽往生は上品上生にちがいないと座主に太鼓判を押されていたように、だれしも最高位の極楽に行きたいのである。

　威子の夢を聞いた人は、「ならば極楽往生されたのだな」、「ああ、この御堂《みどう》のことを夜昼、心にかけて営んでいて、最後まで念誦《ねんず》されていたのだから、たいそううれしいことだ」といった。三井の入道中将成信《にゅうどうちゅうじょうなりのぶ》は、かつて夢に道長が現れ、「下品といえども足るべし」（下品で十分である）と何度も言っていたことがあって、これは極楽往生の吉相にちがいないと思って、これまで誰にも言わずにいたのだと吉夢を明かしてきた。

　また道長の亡くなる二、三日前、興福寺の僧である永昭僧都《えいしょうそうず》、融碩《ゆいせき》らが、枕上で念仏を唱えていると、融碩の夢に、九体阿弥陀の真ん中の像の左がわの脇からたいそう美しい小《こ》法師《ぼうし》が出てきて、香炉を道長の枕上に置いたのだという。人々の極楽往生の次第《しだい》を書いた『往生の記』というものがあるが、これなどは臨終《りんじゅう》のありさまからその人が往生したかどうかを判定しているのだから、このたびの道長の死は、亡くなった時に上半身があたたかく念仏をしつづけていたことから極楽往生したと認めてよいのではないかということになった、と語り納められている。

　むしろ極楽往生すること自体がむずかしいのだからともかくも喜ぶべきだというのである。しかし問題は道長を最大限持ち上げて壮麗な言葉で送った僧侶が上品上生と言ったにもかかわらず、娘の夢に下品下生に行ったというシビアな現実が現れるという点である。『栄花物語』は道長を手放しで偉人として賛美するわけではないのである。それこそが人間を描くということではないのか。道長は不本意だったかもしれないが、女の書く歴史は夢物語には終わらない。あくまでも人の生きざま死にざまとして、あるべきほんとうの姿を映しているのである。だからこそここには真実があると感じられるのではないか。

おわりに

清少納言と彰子サロンの女房たち

藤原道長《みちなが》の政界での立場は、その父兼家《かねいえ》に比べて順風満帆だった。一度たりとも政界から排斥されることはなく、娘の中宮彰子《ちゅうぐうしょうし》は無事に次代の天皇を産んだし、女院《にょいん》として政界に長く君臨し続けた。道長にとって最大の難関は、定子《ていし》出生の第一皇子《おうじ》ではなく彰子出生の第二皇子を即位させるときではなかったか。とはいえ、すでに道隆《みちたか》も定子も亡きあとなのだから政敵がいるわけではない。しかし誰もがその判断に納得できる裏付けが必要だったろう。その意味で彰子サロンがどこよりも知的で華やいでいなければならなかった。

中宮定子のサロンに対抗して娘彰子のサロンを盛り立てる必要があり、一般に清少納言《せいしょうなごん》と紫式部《むらさきしきぶ》とが対立していたかのように想像されるけれども、実際には定子サロンは彰子が入内《じゅだい》して一年余りで定子の死によって閉じられてしまうのだった。その意味では、失われた定子サロンのはなやいだ楽しさの幻影にこそ対抗しなければならなかったのである。

邸《やしき》に仕える女房《にょうぼう》たちというのは、主人が存命中であってもより条件のいいところへと鞍《くら》替えすることもあれば、主人が亡くなって別の主人のもとへと出向くこともあった。長く生活をともにした主人が出家したのにともなって出家することはあっても、まったく思いがけず主人が亡くなったとなれば次の出仕《しゅっし》先を探すのがふつうだろう。清少納言が定子亡き後、どうしていたのか気になるところだ。

現在の『源氏物語《げんじものがたり》』の本文を整理した歌人の藤原定家《ていか》が加わって編纂された『新古《しんこ》今和《きんわ》歌集《かしゅう》』には紫式部、赤染衛門《あかぞめえもん》、和泉式部《いずみしきぶ》らの歌がいくつも採られている。『新古今和歌集』一五八〇番の赤染衛門の歌は清少納言に送られているのである。

元輔《もとすけ》が昔住み侍りける家のかたはらに、清少納
言住みけるころ、雪のいみじく降りて隔ての
垣も倒れて侍りければ、申しつかはしける

跡もなく雪ふるさとは荒れにけりいづれ昔の垣根なるらん

清少納言の父、元輔が住んでいた邸《やしき》に清少納言が住んでいるころ、大雪となって垣根が倒壊し、中まで見通せるようになってしまったというので送った見舞いの歌。雪が「降る」と「ふるさと」とがかけ言葉になっている。雪降るふるさとは荒れまさり、いったいどこに垣根があったのでしょうか、もはやわからない、という歌。彰子サロンにいた赤染衛門は清少納言と交流があったわけである。そもそも定子の父道隆と彰子の父道長は兄弟なのだし、ごく近いところにいたわけだから親交があったとしても不思議ない。

『新古今和歌集』一八二〇番には、赤染衛門が和泉式部と親しく交わした贈答歌も載る。これはなかなか面白くて、和泉式部のもとに元夫の橘道貞《たちばなのみちさだ》が通ってこなくなって、ほどなく敦道《あつみち》親王を通わせるようになったと聞いた赤染衛門が、それはあんまりだと思って送った歌。

　うつろはでしばし信太《しのだ》の森を見よかへりもぞする葛《くず》の裏風

気を移さないで、しばし辛抱したら道貞が帰ってくるかもしれませんよ、という歌である。これには『古今和歌六帖《こきんわかろくじょう》』一〇四九番歌「和泉なる信太の森の葛の葉のちえに分かれてものをこそ思へ」が踏まえられている。和泉を引き出す「信太の森」と「忍ぶ」がかけられて、葛の葉が千枝《ちえ》に分かれるように別れてしまっては物思いの種になるという歌。これに対して和泉式部の返歌は、たしかに道貞に飽きられてしまっているのだけれど、それを恨んで気持ちを移したわけではないから大丈夫、というもの。

秋風はすごく吹けども葛の葉のうらみ顔には見えじとぞ思ふ

「秋」には「飽き」が、葛の葉の「裏」に「うらみ」がかけられている。その後、橘道貞が陸奥守《むつのかみ》に任ぜられて陸奥国《くに》に下ったときにも赤染衛門は和泉式部に歌を送ってきている。『後拾遺和歌集《ごしゅういわかしゅう》』四九一番に赤染衛門の歌として載る。

行《ゆ》く人もとまるもいかに思ふらん別れてのちのまたの別れを

去って行く人も、都にとどまる人もどのように思っているだろうか、別れてのちのまたの別れを、という歌。これに対する和泉式部の返歌は『後拾遺和歌集』には採られていないが『赤染衛門集《あかぞめえもんしゅう》』『和泉式部集《いずみしきぶしゅう》』に並びで置かれている歌が『千載和歌集《せんざいわかしゅう》』四九〇番歌に採られている。

　別れてもおなじ都にありしかばいとこのたびの心地やはせし

別れても同じ都にいたから、まさにこの度《たび》の別れという感じがしました、という歌。この「度《たび》」に「旅」をかけている。別れた男をめぐってこんな歌のやり取りをしているとは赤染衛門と和泉式部は遠慮なくものを言いあえる間柄で、相当に仲が良かったのだろう。それとも和泉式部がわりと誰にでも親しげに接する人だったのだろうか。和泉式部は清少納言ともやりとりをしているのである。

和泉式部と清少納言

五月五日には、人々は菖蒲《あやめ》の根を贈り合い、それを軒にかけて厄除けとしたらしい。『源氏物語』にも、蛍兵部卿宮《ほたるひょうぶきょうのみや》が玉鬘《たまかずら》にあやめの根のついた薬玉《くすだま》を贈ってくる場面がある。

現在でも五月の端午の節句に菖蒲の葉を浮かべたしょうぶ湯に入る風習があるが、平安宮廷ではあやめの根に長寿の意味がこめられていたのである。現在も菖蒲の根は漢方として薬に用いられてもいる。さて、和泉式部は清少納言に菖蒲の根を贈り、次の歌をつけた。

これぞこの人の引きけるあやめ草《ぐさ》むべこそ閨《ねや》のつまとなりけれ

これこそこの人の引くあやめ草ですから、なるほど閨の端《つま》となるでしょう、という歌。根は引きだしてこそみえるもの。「これぞこの人の引きける」と「引く」がでてくるのはそういうわけである。あやめの「め」に「女」が、閨には「根」がかくされていて、閨のつまに「妻」と「端《つま》」がかけられている。

ここには『拾遺和歌集《しゅういわかしゅう》』の大中臣能宣《おおなかとみのよしのぶ》一〇九番歌「昨日までよそに思ひしあやめ草《ぐさ》今日《けふ》我が宿《やど》のつまと見るかな」などが踏まえられているだろう。昨日までよそ人だと思っていたあやめ草を今日、我が宿の妻とみるかな、という歌である。あやめ草を宿の端《つま》にかけて厄除けとすることから、我が宿の「妻」と言い換えているわけだ。

したがって、この人の引くあやめ草なら妻になるでしょう、という艶《つや》っぽいニュアンスを含んだ歌になる。これに対する清少納言の返事は、あちこちの端《つま》に引っ掛けるには細くて短いあやめ草です、というもの。

閨ごとのつまに引かるる程よりはほそくみじかきあやめ草かな

私にはつまに引っ掛けられるだけの十分な魅力がないという意味である。それに対して、和泉式部はさらにダメ押しの返歌をする。

さはしもぞ君は見るらんあやめ草ね見けん人にひきくらべつつ

そうはいってもあなたはそのあやめ草を見るでしょう、寝てみた人と引き比べながら、という歌。あやめの「根」と「寝てみた人」、菖蒲の咲く「沢」と「さはしもぞ」といったふうにあやめ草の縁語で固めて、あくまで清少納言があだっぽい男好きな女であるかのようにいいなす歌を送り続けるのだ。

ほかにも和泉式部と清少納言との間にあやめ草をめぐる贈答歌がある。

流れつつみつのわたりのあやめ草ひきかへすべき根やは残れる

流れつつ御津《みつ》のあたりのあやめ草に引き返すべき根は残っているでしょうか、という歌。沢地に咲くあやめ草が「御津」を引き出し、難波津《なにはづ》まで流れていってしまったあやめ草が引き返すための根はあるでしょうか、という歌。これに対する清少納言の返歌。

駒《こま》すらにすさめぬ程に老いぬればなにのあやめも知られやはする

馬にさえ気に入られないほどに老いてしまったので何の文目《あやめ》もわかりはしない、物の道理がわからないという歌。ここには、『古今和歌集《こきんわかしゅう》』八九二番歌「大荒木《おほあらき》の森の下草老いぬれば駒《こま》もすさめず刈る人もなし」、要するに年老いて誰にも相手にされないという歌が踏まえられている。これに対する和泉式部の返歌。

すさめぬにねたさもねたしあやめ草ひきかへしても駒返《こまがへ》りなん

誰にも相手にされずに妬《ねた》ましいことといったら、あやめ草を引くように引きかえして若返りたい、という歌。若返るという意味の「駒返り」が出てきて、ここへきてこのやりとりが『蜻蛉日記《かげろうにっき》』での作者と兼家の兄兼通《かねみち》とのやりとりを引いていることに気付かされる。『蜻蛉日記』の作者が「いまさらにいかなる駒かなつくべきすさめぬ草とのがれにし身を」と詠んで、もう誰にも相手にされないと言ったので、兼通が「霜枯れの草のゆかりぞあはれなるこまがへりてもなつけてしがな」と返歌し、若返ってお相手したいと言ってきたというくだりである。

ここで和泉式部はまだまだ若いとおだてて、時流から流れ去ろうとしている清少納言を引きとめているようにみえる。『紫式部日記《むらさきしきぶにっき》』で「されど、和泉はけしからぬかたこそあれ」と言っていた、そのけしからんところというのは、もしかして和泉式部が清少納言を彰子サロンへ引き込もうとしていたことをさしていたのだろうか。

いずれにしろ、清少納言は、赤染衛門とも和泉式部とも和歌のやりとりをしていたのであって彰子サロンにいてもおかしくない人だった。

道長と女たち――和泉式部の場合

和泉式部が道長と恋人関係にある召人《めしうど》である気配は濃厚である。道長は彰子の父なのだから彰子サロンの女房たちと近いところにいて、しかも道長の采配で女房たちが雇われていたとすれば道長に気にいられる必要があった。彰子サロンで花開いた文芸の才能というのは、和歌でいえば当意即妙なやりとりといったことも含んでいたわけだから、男女の仲らいと密接に関係することでもあった。

数々の浮き名を流し、恋歌の名手であった和泉式部に道長が興味を惹《ひ》かれたとしても決して不思議ではない。和泉式部は、公《おおやけ》の歌会にも招かれその才能を発揮していたことが『栄花物語《えいがものがたり》』からもわかる。巻第十三「ゆふしで」では、寛仁《かんにん》二（一〇一八）年正月に彰子の産んだ後一条《ごいちじょう》天皇が元服の祝いの品として絵にともなう和歌を寄せた屛風がつくられたことが書かれている。ここに道長の和歌とともに和泉式部の歌が選ばれている。

道長と近い関係にあったことは『和泉式部集』四七二番歌に道長が「尼になるといっていたけどどうしたの？」といってきたので送った歌というのが載ることからわかる。

あま舟にのりぞわづらふ与謝《よさ》の海に生ひやはすらん君をみるめは

海人《あま》舟にのるのをためらっている、与謝の海に生えているだろう海藻は、という歌。「海人《あま》」に「尼」が、海藻を意味する「海松布《みるめ》」と君を「見る目」がかけられていて、あなたを思って尼になるのをためらっているという意味になる。『和泉式部続集《いずみしきぶぞくしゅう》』九五三番歌には別に「なほ尼にやなりなまし、と思ひ立つにも」と詞書《ことばがき》がついた次の歌がある。

捨はてんと思ふさへこそ悲しけれ君に馴れにし我が身と思へば

出家してこの世を捨ててしまおうと思うだけで悲しくなる、あなたに馴染んだ我が身なのだと思うと、という歌。この歌は、和泉式部が敦道《あつみち》親王の死後に挽歌つまり追悼歌として詠んだ歌とされているが、「なほ尼にやなりなまし」の「なほ」がそれでもなお、という意味だとすると、「尼になるといっていたけど、どうしたの？」と問いかけてきた人へのさらなる返答にもみえる。すると「君に馴れにし我が身」の「君」は敦道親王ではなくて、問いかけてきた道長ではないかという気もしてくる。

『栄花物語』巻第十五「うたがひ」の巻で道長は出家する。寛仁三（一〇一九）年三月二十一日のことだった。出家した道長は四月の夏衣《なつごろも》への衣更《ころもが》えに彰子をはじめ宮たちに衣装を送ってきた。彰子宛ての唐《から》の衣《ころも》に添えられた歌。

唐衣花のたもとに脱ぎかへよわれこそ春の色はたちつれ

唐衣に着替えてください。私は出家者として春の色、華美な色を断つ身となっていますが、という歌。彰子の返歌。

唐衣たちかはりぬる春の世にいかでか花の色も見るべさ

このように世の中変わってしまった春に、どうして花の色を楽しめましょう、という歌である。道長が出家してしまうという世の寂寥《せきりよう》感に花の色のあでやかさは似合わない。

道長の歌を聞いて、いてもたってもいられなくなったのだろうか、和泉式部は彰子に歌をおくっている。

脱ぎかへんことぞ悲しき春の色を君がたちける衣と思へば

君が断った衣の色だと思うと、春の色の衣を脱ぎ替えるのは悲しい、という歌。つづいて大宮《おおみや》の宣旨《せんじ》とよばれる彰子付きの女房の次の返歌が続く。

たちかはるうき世のなかは夏衣袖に涙もとまらざりけり

道長が出家してしまってすっかり変わってしまった浮世／憂き世では夏衣の袖に涙がとまらないのだという歌。

和泉式部が彰子に歌を送り、それに対して彰子の女房が返歌してきたわけだが、『和泉式部続集』では彰子の歌が省かれて、道長の歌に和泉式部が直接に返歌したかたちになっている。実際に和泉式部の歌は、「君がたちける衣」と詠んでいて、「君」たる道長に応えているのである。

紫式部と女たち

道長は紫式部と恋人関係にあったという説がある。それもまた召人の女房という意味になる。『紫式部日記《むらさきしきぶにっき》』で、和泉式部をけしからん人だと言ったのは、道長との関係のことをさしていたということはないだろうか。

和泉式部と彰子との関係も良好で、和泉式部の娘、小《こ》式部内侍《しきぶのないし》が亡くなったときには彰子は和泉式部に文を送ったらしい。和泉式部がそれに応えて彰子に送った歌。

　おくと見し露もありけりはかなくて消えにし人をなににたとへん

そこにあると見ていた露がはかなく消えるように、はかなくなった人を何にたとえればよいのでしょう、という歌である。彰子の返歌。

　おもひきやはかなくおきし袖のうへの露をかたみにかけん物とは

袖においた露の形見として、互いに涙で袖をぬらすことになろうとは思いもしなかったという歌。かたみには「形見」とお互いにという意味の「かたみ」がかけられている。袖が濡れるのは泣いているからである。小式部内侍も女房出仕しており彰子もよく知る人だった。
和歌のやりとりをみる限り、和泉式部は彰子サロンの中核にどっしりと根をおろしているようにみえる。定子サロンにおける清少納言に匹敵する彰子サロンのムードメイカーは和泉式部だったのかもしれないと思えてくる。それを紫式部はどうみていたのだろう。『和泉式部集』には清少納言や赤染衛門とのやりとりは載るのに、紫式部と交わした歌はみえない。紫式部があやめ草を贈って歌を詠み合った相手は同じく彰子に仕える女房の小少将《こしようしよう》だった。『新古今和歌集』二二三、二二四番にやりとりが載る。

局《つぼね》並びにすみ侍りけるころ、五月《さつき》六日もろともにながめ明かして、朝《あした》にながき根をつつみて、紫式部につかはしける

なべて世のうきになかるるあやめ草今日《けふ》までかかるねはいかが見る

返し

なにごととあやめはわかで今日もなほ袂《たもと》にあまるねこそ絶えせね

詞書に「局並びにすみ侍りけるころ」とあるから、部屋が隣同士だったことがあるのだろう。五月五日の晩は夜通しともに過ごして、その翌朝送られてきた歌。おしなべて世に浮いて「流るる」あやめ草のように、世を憂えて「泣かるる」夜を過ごして、今日この根をどのようにご覧になりますか、という歌。この「根」には泣き声を意味する「音《ね》」が重ねられている。紫式部の返歌。なにごとと文目たる物の道理もわからずに、今日もなお袂《たもと》を泣き濡らして泣き音《ね》の絶えることがありません、という歌。

小少将については『紫式部日記』のサロンの女房たちを評した箇所に次のように書かれている。

小少将の君は、そこはかとなく優雅でなまめかしく、二月のころのしだれ柳のような人。容姿が非常にうつくしく、物ごしも奥ゆかしく、性格的には主体性がないかのように引っ込み思案で、恥ずかしがり屋で、ちょっとどうかと思うほど子どもっぽい人。意地悪い人や悪意をもってものを言う人がいれば、すぐに気に病んで、身をほろぼしかねないほど繊細。つらそうにしてばかりいて放ってはおけない人。

はかなげで可憐な人だったようである。『紫式部集《むらさきしきぶしゅう》』七三、七四番に宮中の庭の池で水鶏《くいな》が鳴く声をきいて小少将が送ってきた歌がある。

天《あま》のとの月の通ひ路《ぢ》鎖《さ》さねどもいかなる方《かた》にたたくくひなぞ

水鶏の鳴き声は戸を叩く音に似ていたらしい。水鶏が飛び交う空には戸をたてているわけではないのに、天の戸をたたいているのかという歌。紫式部の返歌。

真木《まき》の戸も鎖《さ》さでやすらふ月影になにをあかずとたたくくひなぞ

隔てとなる真木の戸も閉めあぐねて月をみています、それなのになぜ戸が開かないとたたいているのですか、という歌。こちらへいらっしゃいと誘う歌である。『紫式部集』ではこのやりとりにつづけて、道長が夜訪ねてきたが戸を開けなかったという第四章で紹介したやりとりが載る。小少将を誘った文脈におかれると、道長に締め出しを喰らわせたエピソードがいかにも意味深なものとなる。ほんとうは小少将の君とかわした歌のようなしっとりとした物語的展開をこそ望んでいたのかもしれない。

紫式部と道長

紫式部と道長とはいったいどのような関係だったのだろうか。『紫式部日記』の冒頭、中宮彰子の出産が近づいて僧侶たちが読経《どきよう》をしていることが書かれた直後、紫式部は朝ぼらけの庭を道長が歩いており、随身《ずいじん》（従者）を召して遣水《やりみず》(1)のとどこおりを払わせたりしているのを室内から見ている。植え込みの女郎花《おみなえし》が満開で、道長はそれを一枝折らせて、紫式部のいる几帳の上から差し出した。紫式部はといえば、とてもではないが道長に見せたくはない寝起き顔。それでも「この花の歌、遅くなっては興醒《きようざ》めだよ」というので硯《すずり》のもとへ寄って書きつけた歌。

　女郎花《をみなへし》さかりの色を見るからに露のわきける身こそ知らるれ

女郎花の盛りの色をみると、朝露は分け隔てして美しいものだけに降りるものだと我が身を思い知りました、という歌である。露が降りるに相応《ふさわ》しいほどに私は美しくはないという意味だ。道長は「なんと早い」と微笑んで、硯を召し寄せ書きつけた。

　白露はわきてもおかじ女郎花心からにや色の染《そ》むらむ

白露が分け隔てをするわけではあるまい、心がけ次第で美しくも染まるというものでしょう、という歌。まるで美しくあれと紫式部を鼓舞するような歌である。

このやりとりは、彰子の皇子出産記事には不要のものとして『栄花物語』からはごっそり省かれている。紫式部の和歌を集めた『紫式部集《むらさきしきぶしゅう》』七三、七四番には次の詞書をともなって入っている。

　朝霧のをかしきほどに、御前の花ども、色々に乱れたる中に、女郎花いと盛りなるを、殿御覧じて、一枝をらせさせたまひて、几帳のかみより、「これ、ただに返すな」とて、たまはせたり。

『紫式部日記』では、当意即妙なやりとりであったことが語りの中心にあるが、歌集においては道長が花を差し出し、ただでは返さぬように言ったとあって、歌を求めたという意味では同じことのようだが、花盛りの庭から女郎花を紫式部に捧げたエピソードとしてまとめられている。女郎花にはオンナの語が入っていて、男から贈られれば、ただの挨拶以上の意味を持つ。しかも紫式部が、朝露は美しいものにだけ降りるもの、私には露さえ寄りつかないと下げると、あなたの心がけ次第だと道長は答えたのである。物語なら、このあと二人が男女の関係に至ってもおかしくないやりとりである。

『紫式部集』に収められた歌にはしばしば長めの詞書がつけられていて、『伊勢物語《いせものがたり》』のような物語への展開がみえるものがある。たとえば絵をみながら詠んだ歌に、おもしろいものがある。そもそも絵がもの凄い。

物《もの》の怪《け》に憑《つ》かれた女が醜い姿となっている。その後ろには鬼になった元の妻を小法師《こぼうし》がしばっているさまが描かれていて、男が物の怪調伏《ちょうぶく》のために経を読んで物の怪をせめたてている絵。どんなにかおどろおどろしい絵だろう。

亡き人に託言《かごと》はかけてわづらふもおのが心の鬼にやはあらぬ

死んだ前妻のせいで物の怪にとり憑かれたというのは、のちの妻の心の鬼がみせる幻影でしょう、という歌。これに対する返歌。

ことわりや君が心の闇なれば鬼の影とはしるく見ゆらむ

なるほど、あなたの心の闇が鬼の姿をはっきりとみせるのでしょう、という歌。いうまでもなく、女が女にとり憑く物の怪は、『源氏物語』に六条御息所《ろくじょうのみやすどころ》として現れる。そのイメージの淵源には、ここでみたような絵があったのかもしれない。鬼というのは霊と同じことだから、加持祈禱で調伏するのである。実際に、出産の現場には数多くの物の怪がやってくる。たいていはその女に恨みを持つ女、あるいはその一族に恨みを持つ男などである。行者《ぎょうじゃ》は、憑坐《よりまし》と言われる人に一体一体霊をかり移して退治する。『源氏物語』では葵《あおい》の上《うえ》の出産の場に多くの霊がやってきていて、なかで一体だけしつこくとり憑いてかり出せないのがいると書かれていた。それが六条御息所の霊だったわけである。

そんな物語を書きながら、紫式部自身は、物の怪を別の女の恨みだと思うのは、その人の心の鬼がみせているのだと詠んでいるのがおもしろい。平安時代、実際には大真面目に物の怪退治をしていたわけだが、恨みを買った人が、あの人にもこの人にも恨まれていると思うことが霊の正体なのだと見抜いているのである。

そんなふうに冷静であった紫式部はたとえ道長に一時的に愛され、のちに寵愛《ちょうあい》がさめたとて嫉妬などしなかっただろうか。

『源氏物語』で、光源氏《ひかるげんじ》は、多くの女たちと恋愛し、その女君《おんなぎみ》たちをみな六条院《ろくじょういん》あるいは二条東院《にじょうとういん》に招き寄せて暮らした。その光源氏の物語が終わりを迎えるのは光源氏の死のときではない。最愛の妻である紫《むらさき》の上《うえ》が亡くなったときなのである。紫の上の死後、光源氏はどの女君たちにも関心を失い、もはや男女の仲らいは誰とももっていなかった。そんななかで、ただ一人だけ光源氏が夜を共にする女がいた。それは紫の上に仕えていた女房の中将《ちゅうじょう》の君《きみ》である。光源氏の召人であったその人が、光源氏の最後の女になる。

『源氏物語』は光源氏の死を描かない。だから中将の君との愛に終わりはない。一人の召人との関係が永遠の愛を得て物語は完結するのである。それが道長の召人であった紫式部の答えなのである。

註

はじめに

（1）**式部省**《しきぶしょう》　律令制における八省のひとつで、朝廷の儀式、官吏の試験、大学寮などを管理した。紫式部の名の式部は父、藤原為時の官位（式部省の官僚）に由来するという説がある。

（2）**女童**《めのわらわ》　日常のこまごまとしたことをさせる成人前の女の従者。

（3）**入内**《じゅだい》　天皇の后候補として内裏《だいり》（天皇の住まう場所）に入ること。摂関政治期には有力貴族たちがこぞって娘を入内させたが、后の位にのぼるためには男子を産み次代の天皇の母となる必要があった。

第一章

（1）**後宮**《こうきゅう》　皇后や妃などが住まう場所。そこに住む皇后以下の女性たちのことをも意味した。ここに仕える女房たちには公的序列があり、女御《にょうご》の下に、更衣《こうい》、御匣殿《みくしげどの》、尚侍《ないしのかみ》、典侍《ないしのすけ》がいた。

（2）**男踏歌**《おとことうか》　多数の人が足で地面を踏み鳴らし、列を作って行進し、歌い踊る初春の行事。男踏歌と女踏歌がそれぞれ行われた。

（3）**清涼殿**《せいりょうでん》　天皇の日常生活の場。官位が六位以上でなければ、清涼殿には上がれなかった。

（4）**東宮**《とうぐう》　次代の天皇の位にのぼることが約束されている地位で、皇太子のこと。春宮とも書く。

第二章

（1）**物忌**《ものいみ》　外出を控え、外界との接触を断ち、ひきこもること。何を忌むかは場合による。神事、仏事に備えて心身を清浄に保つこともあれば、物の怪が現れたり悪夢をみたりなどの凶兆には怪異を避けてひきこもることもある。物忌の退屈をまぎらわすために詩歌、管弦を愉しむこともあった。

（2）**偏《へん》つぎ遊び**　漢字の偏と旁《つくり》を使って知識を競うために行った遊び。

（3）**殿上童《てんじょうわらわ》**　公卿の子弟で、元服前の童の姿で宮中に仕える少年。

（4）**方違え《かたたがえ》**　出かける先の方角が禁忌にあたる場合、その方角を避け、いったん別の方角に出向いて泊まり、翌日目的地へ向かうこと。

（5）**乳母《めのと》、乳母子《めのとご》**　生母の代わりに乳をあげる養育者として雇われる女房が乳母。入内した女性たちは天皇の子供を次々と産むことが求められたため、産んだ子には乳をあげないことですぐに次の妊娠・出産態勢に入った。乳母は自分の子（乳母子）と主人の子（養君）を母乳で育てたため、こうした乳兄弟《ちきょうだい》は実の兄弟姉妹より強い絆で結ばれた。

第三章

（1）**箏《そう》の琴**　十三弦の琴。琴《きん》の琴と呼ばれた七弦琴と区別するために箏の琴と呼び分けていた。光源氏が須磨に携えていったのは琴の琴。

（2）**除目《じもく》**　大臣以外の官職の任命式のこと。

（3）**六衛府《りくえ》**　左右近衛《このえ》府、左右衛門《えもん》府、左右兵衛《ひょうえ》府の総称。近衛府は天皇の警護を、衛門府・兵衛府は宮門の守衛を担当した。やがて左右近衛府は娯楽的な宮廷儀礼を担当する機関となり、左右衛門府は警察裁判を担当する検非違使庁を構成した。

第四章

（1）**大嘗会《だいじょうえ》の御禊《ごけい》**　天皇の即位後初めて、天皇自らが新穀を神々に供え、自身も食する宮中祭祀の大嘗会のため、斎院が賀茂の河原で身を清める禊《みそぎ》の儀式。

（2）**言忌《ことい》み**　不吉な言葉を使うのを避けること。

（3）**催馬楽《さいばら》**　平安時代に流行した歌謡のこと。

（4）**桜襲《さくらがさね》**　衣服を重ね着したときの、表に白、裏に赤などの桜色の色目。冬から春先にかけて着ていた。

（5）**下襲《したがさね》**　束帯姿のとき、袍《ほう》の下につけ、腰から下の背面に長く引いている状態の衣服。

第五章

（1）**長精進《ながしょうじん》**　長期間にわたって身を清めて不浄を避けること。

（2）**託宣《たくせん》**　神が乗り移ってお告げを伝えること。

（3）**祗候《しこう》**　貴人のそば近くに仕えること。

（4）**陰陽寮**　宮中の政務を司る中務《なかつかさ》省に属し、陰陽博士、暦博士が陰陽道に基づく占い、暦作りを行う。

（5）**大元帥《だいげんの》法《ほう》**　正月八日から十四日まで宮中の役人が大元帥明王を本尊として鎮護国家の修法を行う。

（6）**立后《りっこう》**　后の位につけること。后の位は皇后の他に皇太后、太皇太后の三后が定められている。

註

第六章

（1）**斎院《さいいん》**　賀茂神社に仕える人で、未婚の皇女から選ばれる。

（2）**卜占《ぼくせん》**　占うこと。

（3）**局《つぼね》**　宮中や貴人の邸宅の女たちの部屋のこと。上局《うえつぼね》は臨時に置かれた休息所、下局《しもつぼね》は常に居住する場所として与えられた部屋。堀河に邸宅がある人が堀河殿と呼ばれるなど人名を言うかわりに場所の名で人を指すことが一般的だったので、桐壺、藤壺など局の名が女君を指しもした。

（4）**解《げ》文《もん》**　下級の諸官庁から上級の官庁に提出する公文書、あるいは推薦状のこと。

（5）**仮《か》名《な》序《じょ》**　『古今和歌集』の序文のうち、仮名文で書かれたもの。

（6）**庚申《こうしん》の日《ひ》**　眠ってしまうと体内の虫が悪さをすると信じられ、徹夜をして過ごさなければならなかった。

（7）**函谷関《かんこくかん》**　中国にあった関所で夜間は閉鎖し、朝、鶏が鳴いたら開けることになっていた。ここでは『史記』の孟嘗君《もうしょうくん》列伝にある、追っ手から逃れようとしていた孟嘗君一行が鶏の鳴き真似をすることで閉じていた関を通過したという話が引用されている。

（8）**半蔀《はじとみ》**　下から突き上げて上半分が開く、つっかえ棒で留めておく窓。

（9）**打《う》ち目《め》**　光沢の具合のこと。

（10）**時《さだ》過《す》ぎた**　盛りの年齢を過ぎていること。

（11）**髪《か》文《も》字《じ》**　付け毛のこと。

（12）**次第書《しだいがき》**　事物の由来、行事の順序を書いた文書。

（13）**消息文**　手紙の文章。

第七章

（1）**尚侍**《ないしのかみ》　天皇の傍に仕える身分のことで、女御、更衣に準ずる身分とみなされることになる。

（2）**文章道**《もんじょうどう》　大学寮の学科の一つで、中国の詩文や歴史を読み、漢詩文を作ることを学ぶ。

（3）**上達部**《かんだちめ》　摂政・関白・太政大臣・左大臣・右大臣・大納言・中納言・内大臣・参議、および三位以上の男性官人の総称。

（4）**殿上人**《てんじょうびと》　天皇の日常生活の場である清涼殿の殿上間に昇ることを許された人。

（5）**文章生**《もんじょうしょう》、**擬文章生**《ぎもんじょうしょう》　大学寮で文章道《もんじょうどう》を学んで擬文章生となり、さらに式部省の試験に合格すると文章生になった。

第八章

（1）**還御**《かんぎょ》　天皇や上皇などが出かけた先から帰ること。

（2）**塗籠**《ぬりごめ》　寝殿造りで周囲を厚い壁で塗りこめた閉鎖的な空間。寝室などに使用された。

（3）**配所**《はいしょ》　罪によって流された場所のこと。

（4）**受領**《ずりょう》　国司として地方に下る役人。地方官。紫式部の父、藤原為時は花山天皇に漢学を教えたこともあるが、花山天皇が退位すると越前守に任ぜられ、紫式部を伴って越前国へ下った。

（5）**妙見**《みょうけん》　北極星や北斗七星の神。妙見信仰は密教や日蓮宗に見られる。

（6）**変異《へんい》の密奏《みつそう》**　天文・気象に変異が見られた際、天皇に奏上すること。

（7）**厭魅《えんみ》**　まじないで呪い殺すこと。

（8）**産養《うぶやしない》**　出生の当日を初夜、三日目を三夜、五日目を五夜、七日目を七夜、九日目を九夜として、子どもの将来の多幸や産婦の無病息災を祈る儀式。

（9）**五十日《いか》の祝《いわい》**　生誕五十日目にあたる夜、父や外祖父が赤子の口に餅を含ませる祝いの儀式。

おわりに

（1）**遣《や》り水《みず》**　池に水を引き入れるために庭園などに設けられた水路。

年譜

年（西暦）	天皇	事項
康保三年（九六六）	村上	藤原兼家の五男として道長誕生。
康保四年（九六七）	冷泉	村上天皇崩御、冷泉天皇が即位。
安和二年（九六九）		藤原氏による他氏排斥事件が起きる（安和の変）。
		源高明が失脚。以後摂政関白が常設される。
	円融	冷泉天皇が譲位し、円融天皇が即位。
天禄三年（九七二）		藤原兼通、関白に。
天延二年（九七四）		兼通、太政大臣に。
貞元二年（九七七）		兼通、病で関白と太政大臣を辞す。兼家、左遷される。兼通、死去。
貞元三年／		藤原頼忠、太政大臣に。兼家、右大臣となる。
天元元年（九七八）		道長の姉・詮子、円融天皇の女御となる。
天元三年（九八〇）		円融天皇と詮子の間に懐仁親王（後の一条天皇）が誕生。
永観二年（九八四）	花山	円融天皇が譲位し、花山天皇が即位。

寛和二年（九八六）	一条	兼家の陰謀により、花山天皇が出家。一条天皇が即位。兼家、摂政となる（寛和の変）。 詮子、皇太后となる。
永延二年（九八八）		道長の娘・彰子誕生。
永延三年（九八九）		道長の兄・道隆、内大臣に。
永祚元年（九八九）		兼家、太政大臣に。
正暦元年（九九〇）		兼家、関白になるもすぐに道隆に譲る。道隆、関白から摂政に。兼家、死去。 道隆の娘・定子、一条天皇の中宮になる。
正暦四年（九九三）		道隆が再び関白に。
長徳元年（九九五）		道隆、死去。この年、疫病が大流行し、公卿が次々に死去。 定子の兄・藤原伊周との政争を経て、道長、最高権力者に。
長徳二年（九九六）		伊周・隆家兄弟、花山法皇を襲撃。 一条天皇が伊周・隆家を左遷する（長徳の変）。
長徳三年（九九七）		隆家、伊周、帰京。
長保元年（九九九）		彰子、入内し、一条天皇の女御になる。

長保二年（一〇〇〇）		定子、敦康親王を出産。 紫式部、この頃に娘を出産。 定子が皇后に、彰子が中宮となる。 定子、媄子内親王出産後に崩御。
長保三年（一〇〇一）		紫式部の夫宣孝、死去。 詮子崩御。
寛弘四年（一〇〇七）		道長、金峯山寺に参詣。
寛弘五年（一〇〇八）		彰子、敦成親王（後の後一条天皇）を出産。 『紫式部日記』が始まる。
寛弘六年（一〇〇九）		伊周ら、彰子・敦成親王を呪詛し処分される。 彰子、敦良親王（後の後朱雀天皇）を出産。
寛弘七年（一〇一〇）		『紫式部日記』の内容はここまで。 伊周、死去
寛弘八年（一〇一一）	三条	一条天皇、病により三条天皇に譲位。 敦成親王（後の後一条天皇）が立太子。 一条院、崩御。

長和四年（一〇一五）		紫式部の父・為時が再び越後守に。道長、三条天皇に譲位を迫る。
長和五年（一〇一六）	後一条	三条天皇が譲位し、敦成親王、後一条天皇となる。道長、摂政に。
寛仁元年（一〇一七）		為時、三井寺に出家。敦良親王、東宮となる。道長の息子・頼通、摂政に。道長、太政大臣に。
寛仁二年（一〇一八）		後一条天皇、元服。彰子、太皇太后に。
寛仁三年（一〇一九）		道長、出家。頼通、関白に。
治安二年（一〇二二）		道長、法成寺を創建。
万寿三年（一〇二六）		彰子、出家。
万寿四年（一〇二七）		道長、死去。

『源氏物語』の年立《としだて》（作品世界内の年表）

『源氏物語』の作品内、天皇四代にわたる七十年余りの出来事を、主人公（光源氏《ひかるげんじ》と薫《かおる》）の年齢を軸に整理したもの。巻ごとに描かれる時期に重なりが生じたり、また、描かれない空白の時期があるなど複雑な構造であるため、あくまで暫定的なものである。

第一部

巻名	帝	年齢	主な出来事
1 桐壺《きりつぼ》	桐壺帝	光源氏 1	若宮（後の光源氏）誕生。その母桐壺更衣《きりつぼのこうい》を帝は寵愛し、周囲は嫉妬。
		3	桐壺更衣が病死。
		8〜11	桐壺帝、若宮に源氏の姓を与え、臣籍降下させる。藤壺《ふじつぼ》入内。
		12	光源氏元服し、葵《あおい》の上《うえ》と結婚するものの藤壺を慕う。
2 帚木《ははきぎ》		17	雨夜、訪ねてきた頭中将《とうのちゅうじょう》、藤式部丞《とうしきぶのじょう》らと女性談義（雨夜の品定め）。空蟬と契る。
3 空蟬《うつせみ》			光源氏、空蟬宅に忍び込むが逃げられ、継娘軒端荻《のきばのおぎ》と契る。

『源氏物語』の年立

4	夕顔《ゆうがお》	桐壺帝	17	光源氏、頭中将ゆかりの夕顔と恋仲になるが、物の怪により夕顔死去。
5	若紫《わかむらさき》		18	初恋の人である義母藤壺と密通、藤壺懐妊。藤壺の姪若紫を引き取る。
6	末摘花《すえつむはな》			頭中将と張り合い末摘花と契るが、不美人な容貌が明らかに。
7	紅葉賀《もみじのが》		19	桐壺帝、藤壺の懐妊を喜ぶ。藤壺出産。その皇子が自らに生き写しと知って懊悩する光源氏。源典侍《げんのないしのすけ》をめぐって頭中将と悪ふざけ。藤壺、中宮に立后。
8	花宴《はなのえん》		20	宮中の宴で頭中将らと舞を披露。朧月夜《おぼろづきよ》と逢う。
9	葵《あおい》	朱《す》雀《ざく》帝	22	葵の上が男児（夕霧）を出産するも、六条御息所《ろくじょうのみやすどころ》の生霊のため急死。紫《むらさき》の上《うえ》が正妻格に。
10	賢木《さかき》		23、24	桐壺院、崩御。朧月夜との密会が発覚。藤壺への求愛が拒まれる。藤壺出家。
11	花散里《はなちるさと》		25	光源氏、昔の恋人の花散里を訪問。
12	須磨《すま》		25、26	光源氏、自ら須磨に下る。

13 明石《あかし》	14 澪標《みおつくし》	15 蓬生《よもぎう》	16 関屋《せきや》	17 絵合《えあわせ》	18 松風《まつかぜ》	19 薄雲《うすぐも》	20 朝顔《あさがお》	21 少女《おとめ》
	冷泉帝《れいぜいてい》							
27、28	29			31		32		33〜35
連日のような嵐。夢に故桐壺院が現れ、須磨から明石に移り住む。明石の君《きみ》と逢い、明石の君は光源氏の子を懐妊。光源氏帰京。	都に返り咲き、推大納言に。藤壺との子が冷泉帝として即位。明石の姫君《ひめぎみ》誕生。六条御息所、娘の前斎宮《さきのさいぐう》を光源氏に託して死去。	末摘花の家を偶然通りかかり再会。	逢坂《おうさか》の関《せき》で空蟬と偶然再会し、文を交換。夫の死後、空蟬は出家。	元の頭中将の娘、弘徽殿女御《こきでんのにょうご》と絵合を行う。光源氏の須磨の日記絵に皆心を奪われる。	明石の君が上京。三歳の明石の姫君を引き取り紫の上の養女にする。	藤壺が亡くなり、悲しむ光源氏。冷泉帝は自らの出生の秘密を知る。	朝顔の姫君を頻繁に訪ねるも拒否される。自らの立場を不安に思う紫の上に過去の女性関係を告白。その夜、藤壺が光源氏の夢に現れて怨む。	長男夕霧が元服し、大学に入学。源氏の養女で六条御息所の娘の斎宮女御が中宮に。夕霧と幼馴染み雲居雁《くもいのかり》との恋を父内大臣（元の頭中将）が引き裂く。六条院が完成し、女君たちが移り住む。

22	23	24	25	26	27	28	29	30
玉鬘《たまかずら》	初音《はつね》	胡蝶《こちょう》	蛍《ほたる》	常夏《とこなつ》	篝火《かがりび》	野分《のわき》	行幸《みゆき》	藤袴《ふじばかま》

冷泉帝

35	36						36、37	37
夕顔と元の頭中将の娘で、母の死後九州で育った玉鬘が上京し、光源氏の養女に。六条院に引き取られる。女君たちに正月に着る晴着を配る。	六条院の麗らかな正月。光源氏は晴着をまとった女君たちを訪ねる。明石の君のもとに泊まり、紫の上の不興を買う。	多くの貴公子から恋文をもらう玉鬘。光源氏も実は心惹かれている。	蛍兵部卿宮《ひょうぶきょうのみや》、光源氏の放った蛍の光で玉鬘を見る。紫の上、明石の姫君に贈る物語を選ぶ。光源氏、玉鬘と物語談義をする。	盛夏の納涼の宴。和琴《わごん》を教えながら玉鬘に惹かれる光源氏。一方、内大臣の娘と名乗り出た近江《おうみ》の君《きみ》は笑いものに。	光源氏に引き取られた幸福を思う玉鬘だが、光源氏の恋の歌に困惑。	台風（野分）の被害を見舞った夕霧は、義母紫の上に一目惚れ。光源氏と玉鬘の関係を疑う。夕霧、明石の姫君を訪ね、その美しさに驚嘆。	冷泉帝の行幸に玉鬘も参加。内大臣、玉鬘が娘だと知る。裳着《もぎ》の儀。	玉鬘の素性や宮中への出仕が知れて、求婚者たちは戸惑う。

第二部

31	32	33	34	35	36	37	38	39
真木柱《まきばしら》	梅枝《うめがえ》	藤裏葉《ふじのうらば》	若菜《わかな》上	若菜《わかな》下	柏木《かしわぎ》	横笛《よこぶえ》	鈴虫《すずむし》	夕霧《ゆうぎり》

冷泉帝

今上帝《きんじょう》

37、38	39	40、41	46、47	48	49	50
髭黒《ひげくろ》、玉鬘と結婚。嫉妬に狂った本妻、実家に帰る。娘の真木柱が柱に歌を残す。玉鬘、髭黒の男子を出産。	明石の姫君の裳着の儀が執り行われる。光源氏、紫の上を相手に書道を論じ、女君たちの筆跡を批評。 夕霧、雲居雁と結婚。明石の姫君、入内。光源氏、准太上天皇に。	女三《おんなさん》の宮《みや》、光源氏に降嫁し紫の上は動揺。柏木、女三の宮を垣間見る。	冷泉帝譲位。紫の上、発病。柏木、女三の宮と密通。女三宮、懐妊。明石の女御、匂宮を出産。光源氏に事態を知られたと悟った柏木、発病。	女三の宮、柏木の子・薫を産み、出家。光源氏、人生を回想。柏木死去。	夕霧、柏木の遺品の笛を光源氏に渡す。薫に柏木の面影を見る。	出家した女三の宮による持仏開眼供養《じぶつかいげんくよう》。冷泉院と対面し、感慨に浸る。 夕霧、柏木の未亡人落葉宮《おちばのみや》に惹かれていく。雲居雁は嫉妬で実家に帰ってしまう。

第三部

40 御法《みのり》	41 幻《まぼろし》	雲隠《くもがくれ》	42 匂宮《におうのみや》	43 紅梅《こうばい》	44 竹河《たけかわ》	45 橋姫《はしひめ》	46 椎本《しいがもと》
51	52		薫 14、15	15、16	14〜23	20〜22	23
紫の上、病が悪化。出家を希望するが、叶わないままに亡くなる。	紫の上の死を悲しみ、喪に服す光源氏。身辺整理をはじめ、紫の上の手紙も燃やしてしまう。仏名会《ぶつみょうえ》の日、久しぶりに姿を現す。	八年間の空白。光源氏の死を暗示する巻名だけが伝えられ、本文は存在しない。	光源氏の死から時が経ち、子孫の時代へ。その面影を継ぐ者はいない。若き薫と匂宮が活躍。夕霧、落葉宮と雲居雁のもとへ交互に通う。出生に疑問を感じた薫は厭世観を強める。	頭中将の息子・紅梅大納言《こうばいだいなごん》、長女を皇太子妃に。	髭黒の死後、玉鬘は三男二女を抱え、家の復興に躍起に。	薫は仏道の縁で、光源氏の異母弟の宇治の八《はち》の宮《みや》と交流。宮の娘たちを垣間見て大君《おおいぎみ》に惹かれる。出生の秘密を知る。	宇治に関心を持つ匂宮。八の宮は薫に姫君たちの後見を託して死去。大君に惹かれていく薫。

今上帝

47	48	49	50	51	52	53
総角《あげまき》	早蕨《さわらび》	宿木《やどりぎ》	東屋《あずまや》	浮舟《うきふね》	蜻蛉《かげろう》	手習《てならい》
今上帝						
24	25	25、26	26	27		
大君に迫るが拒まれる薫。妹の中の君を匂宮に紹介する。大君は死ぬ。	宇治通いは困難なので、匂宮は中の君を京都に迎える。薫は中の君が惜しくなり後悔の念を覚える。愛娘、六の君に興味を示さない二人に夕霧は不満を抱く。	薫が中の君に近づくが、途中で断念。中の君、匂宮の子を出産。	中の君は自らへの気持ちを逸らそうと、薫に異母妹の浮舟を紹介。匂宮も強引に言い寄るものの、大君の面影のある浮舟を薫は宇治に隠し住まわせる。	匂宮、薫を装って浮舟と契る。薫は恨みの歌を浮舟に送る。板挟みになった浮舟は死を決意する。	行方不明の浮舟を供養。落ち込む二人だが、またすぐ恋に走る。	横《よ》川《かわ》の僧都《そうず》、浮舟を助ける。浮舟、男女の仲の煩わしさに出家。

54 夢浮橋《ゆめのうきはし》		28	薫、浮舟が生きていることを知る。薫、尼になった浮舟に弟小君《こぎみ》を遣わし文を送るが、人違いだと浮舟は応じない。

天皇・源氏系図①

・数字は即位の順。

- 1 宇多天皇（定省） 母 班子女王
  - 2 醍醐天皇（敦仁） 母 藤原胤子
    - 保明親王 母 藤原穏子
      - 慶頼王
      - 熙子女王［朱雀女御］
    - 代明親王 母 藤原鮮子
      - 源重光
        - 長経
        - 則理
        - 女［藤原伊周室］
        - 女［藤原娍子女房］
      - 源保光
        - 女［藤原義孝室］
      - 源延光
        - 女［藤原済時室］
      - 厳子女王［藤原頼忠室］
      - 荘（庄）子女王［村上女御］
      - 恵子女王［藤原伊尹室］
    - 重明親王 母 源昇女
      - 徽子女王［村上女御］
      - 女［藤原朝光室］
      - 女
    - 有明親王 母 源和子
      - 源泰清
      - 明救
      - 昭（能）子女王［藤原兼通室］
      - 女［藤原公季室］
    - 3 朱雀天皇（寛明） 母 藤原穏子
      - 昌子内親王［冷泉后］ 母 熙子女王
    - 4 村上天皇（成明） 母 藤原穏子
      - 広平親王 母 藤原祐姫
      - 5 冷泉天皇（憲平） 母 安子
        - 7 花山天皇（師貞） 母 懐子
          - 昭登親王 母 平平子
          - 清仁親王 母 中務
          - 女 母 中務
          - 女 母 中務
          - 女 母 平平子
          - 女 母 平平子
        - 9 三条天皇（居貞） 母 超子
          - 敦明親王（小一条院） 母 娍子
          - 敦儀親王 母 娍子
          - 敦平親王 母 娍子
          - 師明親王 母 娍子
          - 当子内親王 母 娍子
          - 禔子内親王 母 娍子
          - 禎子内親王 母 妍子
        - 為尊親王 母 超子
        - 敦道親王 母 超子
        - 宗子内親王 母 懐子
        - 尊子内親王［円融女御］ 母 懐子
      - 致平親王 母 藤原正妃
        - 成信
        - 永円
      - 為平親王 母 安子
        - 憲定
        - 頼定
        - 婉子女王［花山女御］
        - 恭子女王
        - 女［具平親王室］

斉世親王 母 橘義子
敦実親王 母 藤原胤子

盛明親王 母 源周子
兼明親王 母 藤原淑姫
源高明 母 源周子
雅子内親王［藤原師輔室］ 母 源周子
康子内親王［藤原師輔室］ 母 藤原穏子
源庶明
雅信
重信
寛朝
雅慶

円融天皇（守平） 母 安子
昌平親王 母 芳子
具平親王 母 荘（庄）子女王
永平親王 母 芳子
昭平親王 母 藤原正妃
承子内親王 母 安子
理子内親王 母 計子
保子内親王［藤原兼家室］ 母 藤原正妃
規子内親王 母 徽子女王
盛子内親王［藤原顕光室］ 母 計子
楽子内親王 母 荘（庄）子女王
輔子内親王 母 安子
緝子内親王 母 藤原祐姫
資子内親王 母 安子
選子内親王 母 安子
俊賢
経房
女［為平親王室］
明子［藤原道長室］
計子［村上女御］
道方
相方
女［藤原隆家室］

一条天皇（懐仁） 母 詮子
師房
頼成
隆姫［藤原頼通室］
女［敦康親王室］
嫥子女王
女［藤原公任室］
時中
扶義
通義
時通
時叙
時方
済時
済信
倫子［藤原道長室］
女［藤原道綱室］
女［致平親王室］
女［藤原定時室］

敦康親王 母 定子
10 後一条天皇（敦成） 母 彰子
11 後朱雀天皇（敦良） 母 彰子
脩子内親王 母 定子
媄子内親王 母 定子
済政
朝任
経頼
女［藤原彰子女房］
雅通
女［藤原彰子女房］

天皇・源氏系図②

・数字は即位の順。

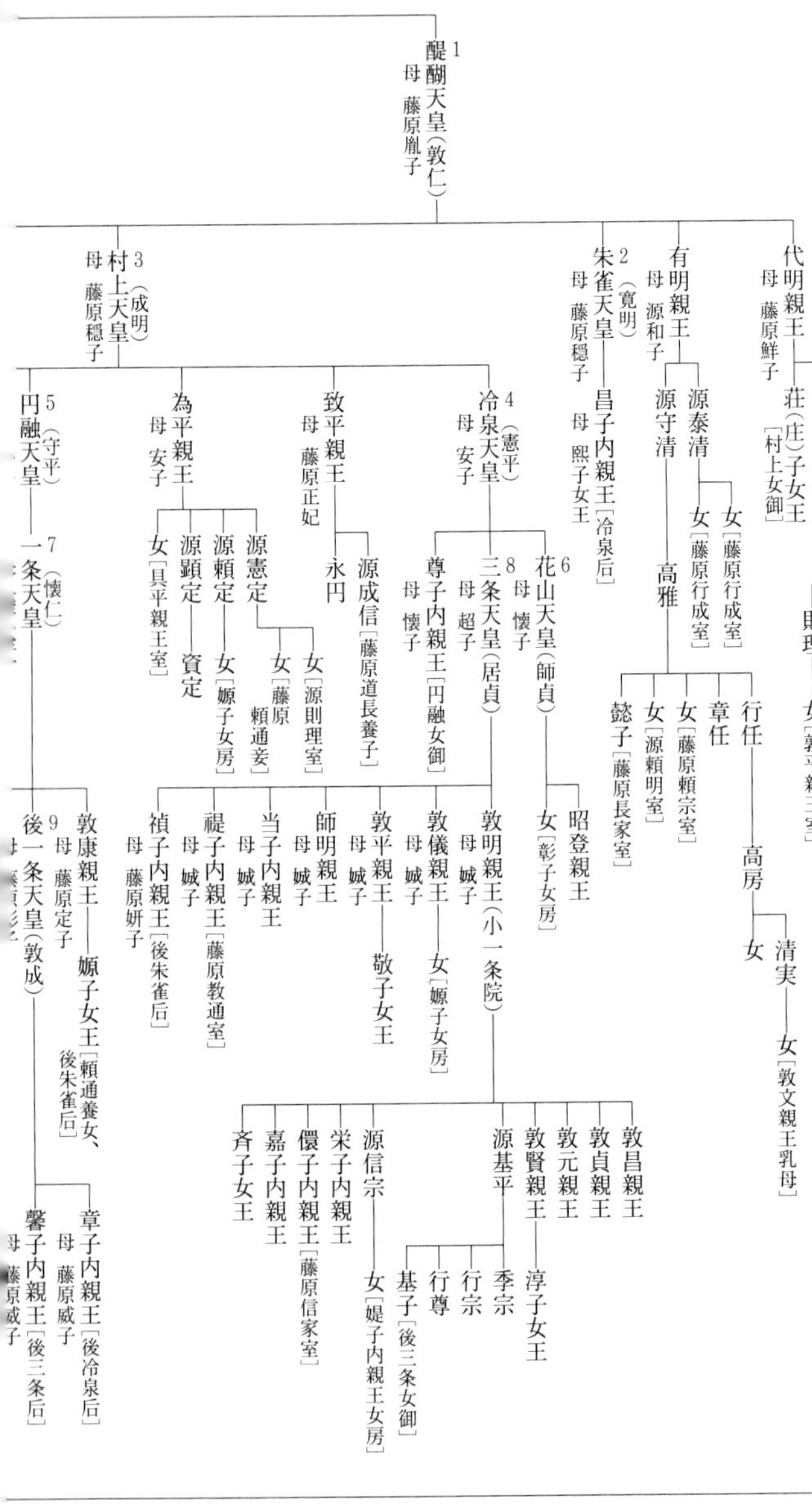

敦実親王
母 藤原胤子

源雅信
源重信

時中
扶義
時通
倫子［藤原道長室］

道方
宣方

経長
経信
経隆
女［藤原寛子女房］

経隆—女［信濃］
宣方—親方—女［伯耆］

済政
朝任
経相

済政—資通
資通—師賢
資通—政長
朝任—師良—俊輔
経相—経季

扶義—経頼
信房
女［藤原資仲室］

時通—雅通
女［親仁親王乳母］
女［馨子内親王乳母］

源高明
母 源周子

俊賢
経房
明子［藤原道長室］

定良
実基
良宗
女［藤原良頼室］
実基—女［因幡］

顕基
隆国

顕基—資綱
家賢
道良

隆俊
隆綱
男
女［媞子内親王乳母］
男—女［源基子女房、敦賢親王室］

昭平親王
母 藤原正妃
選子内親王
母 安子
昭平親王—女［藤原公任室］

母 荘（庄）子女王
藤原源頼成［伊祐養子］
隆姫［藤原頼通室］
女［敦康親王室］
嫥子女王［藤原教通室］
祇子［藤原頼通妾］

後朱雀天皇
母 藤原彰子
脩子内親王
母 藤原定子
媄子内親王
母 藤原定子

後冷泉天皇
母 藤原嬉子
12 後三条天皇（尊仁）
良子内親王
母 禎子内親王
娟子内親王
母 禎子内親王
祐子内親王
母 嫄子女王
禖子内親王
母 嫄子女王
正子内親王
母 藤原延子

白河天皇
母 藤原茂子
実仁親王
母 源基子
輔仁親王
母 源基子
聡子内親王
母 藤原茂子
俊子内親王
母 藤原茂子
佳子内親王
母 藤原茂子
篤子内親王
母 藤原茂子

敦文親王
母 藤原賢子
14 堀河天皇（善仁）
母 藤原賢子
覚法法親王
母 源師子
媞子内親王
母 藤原賢子
善子内親王
母 藤原道子
令子内親王
母 藤原賢子
禛子内親王
母 藤原賢子

俊房
顕房
仁覚
師忠
麗子［藤原師実室］
女［藤原通房室］

俊房—任子［藤原忠実室］
顕房
雅実
賢子［白河后］
師子［東北院女房］

藤原氏系図①

・数字は摂政または関白就任の順。

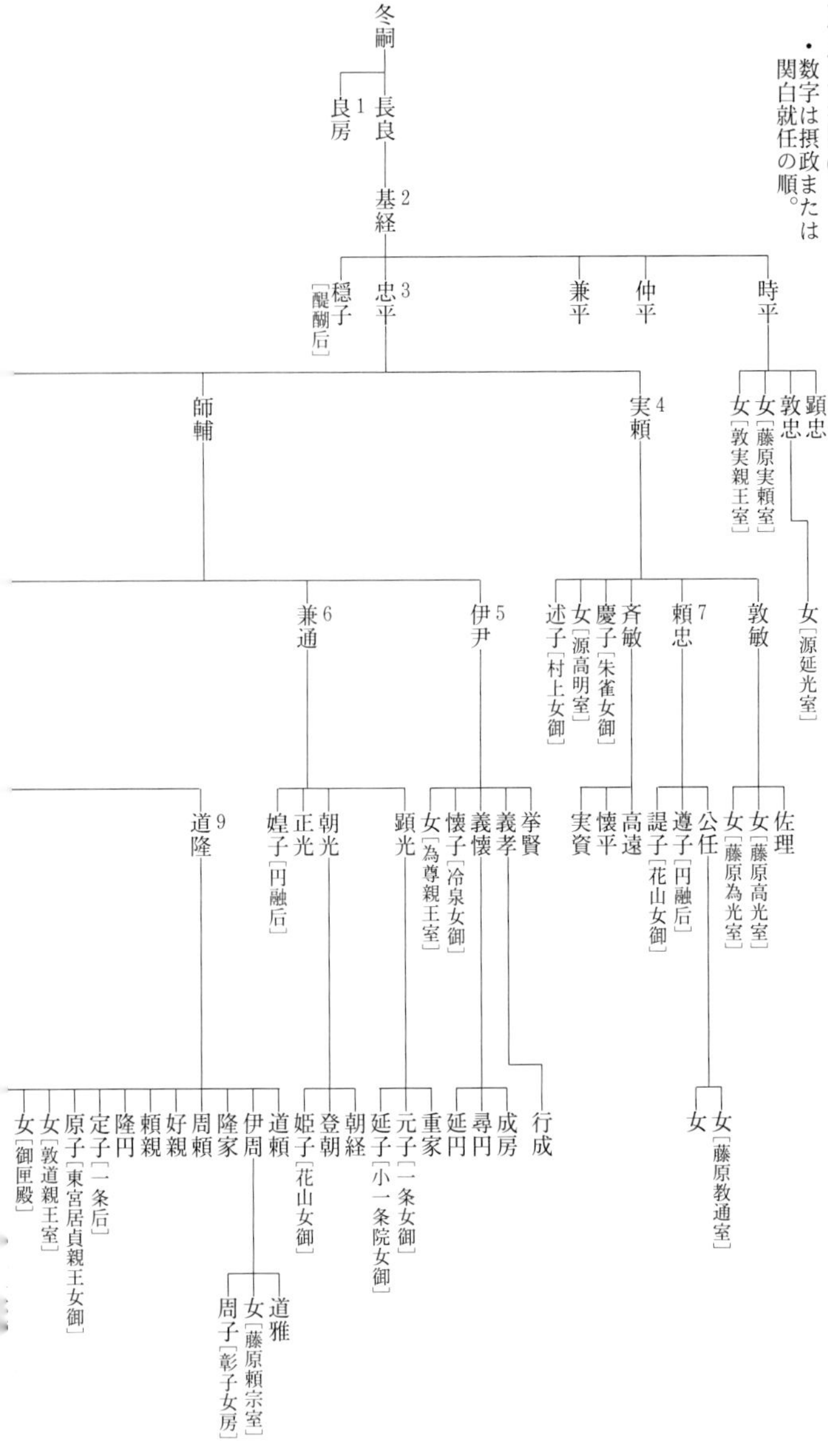

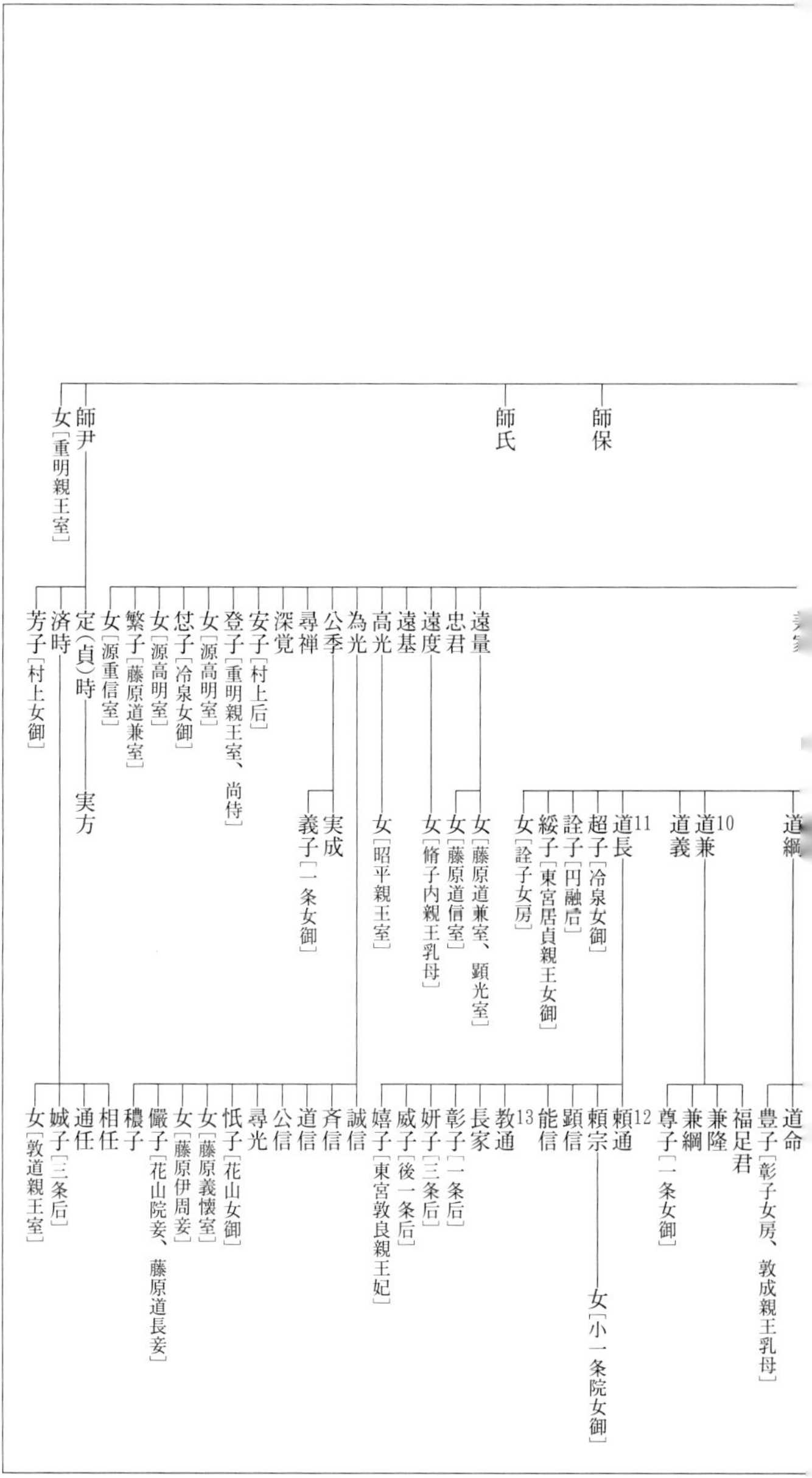

師保
師氏
師尹
女［重明親王室］
遠量
忠君
遠度
遠基
高光
為光
公季
尋禅
深覚
安子［村上后］
登子［重明親王室、尚侍］
女［源高明室］
怤子［冷泉女御］
女［源高明室］
繁子［藤原道兼室］
女［源重信室］
定(貞)時
済時
芳子［村上女御］
道兼10
道義
道長11
超子［冷泉女御］
詮子［円融后］
綏子［東宮居貞親王女御］
女［詮子女房］
女［藤原道兼室、顕光室］
女［藤原道信室］
女［脩子内親王乳母］
女［昭平親王室］
実成
義子［一条女御］
実方
道命
豊子［彰子女房、敦成親王乳母］
福足君
兼隆
兼綱
尊子［一条女御］
頼通12
頼宗
顕信
能信
教通13
長家
彰子［一条后］
妍子［三条后］
威子［後一条后］
嬉子［東宮敦良親王妃］
誠信
斉信
道信
公信
尋光
怟子［花山女御］
女［藤原義懐室］
女［藤原伊周妾］
儼子［花山院妾、藤原道長妾］
穠子
相任
通任
娍子［三条后］
女［敦道親王室］
女［小一条院女御］

藤原氏系図②

・数字は摂政または関白就任の順。

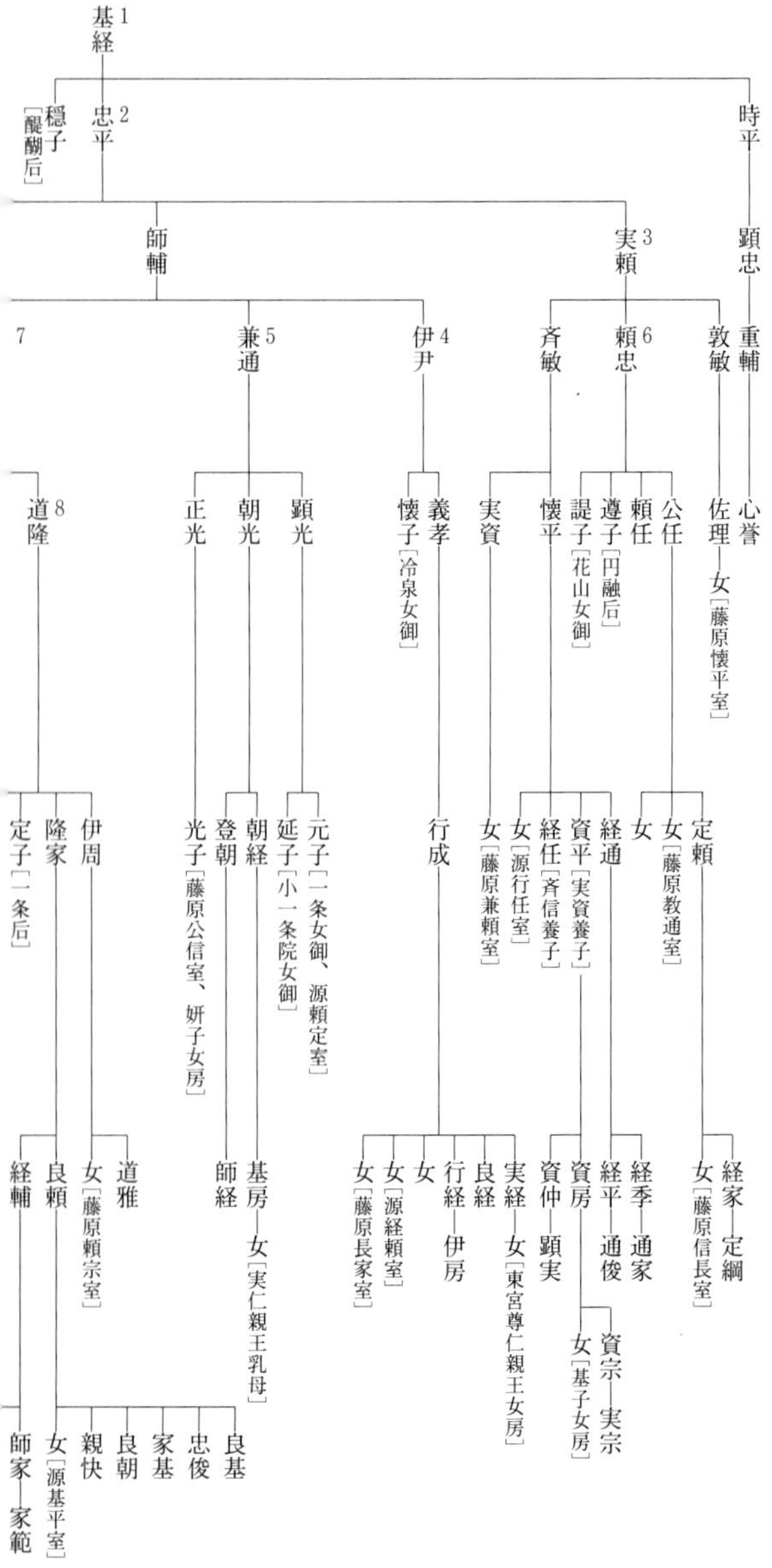

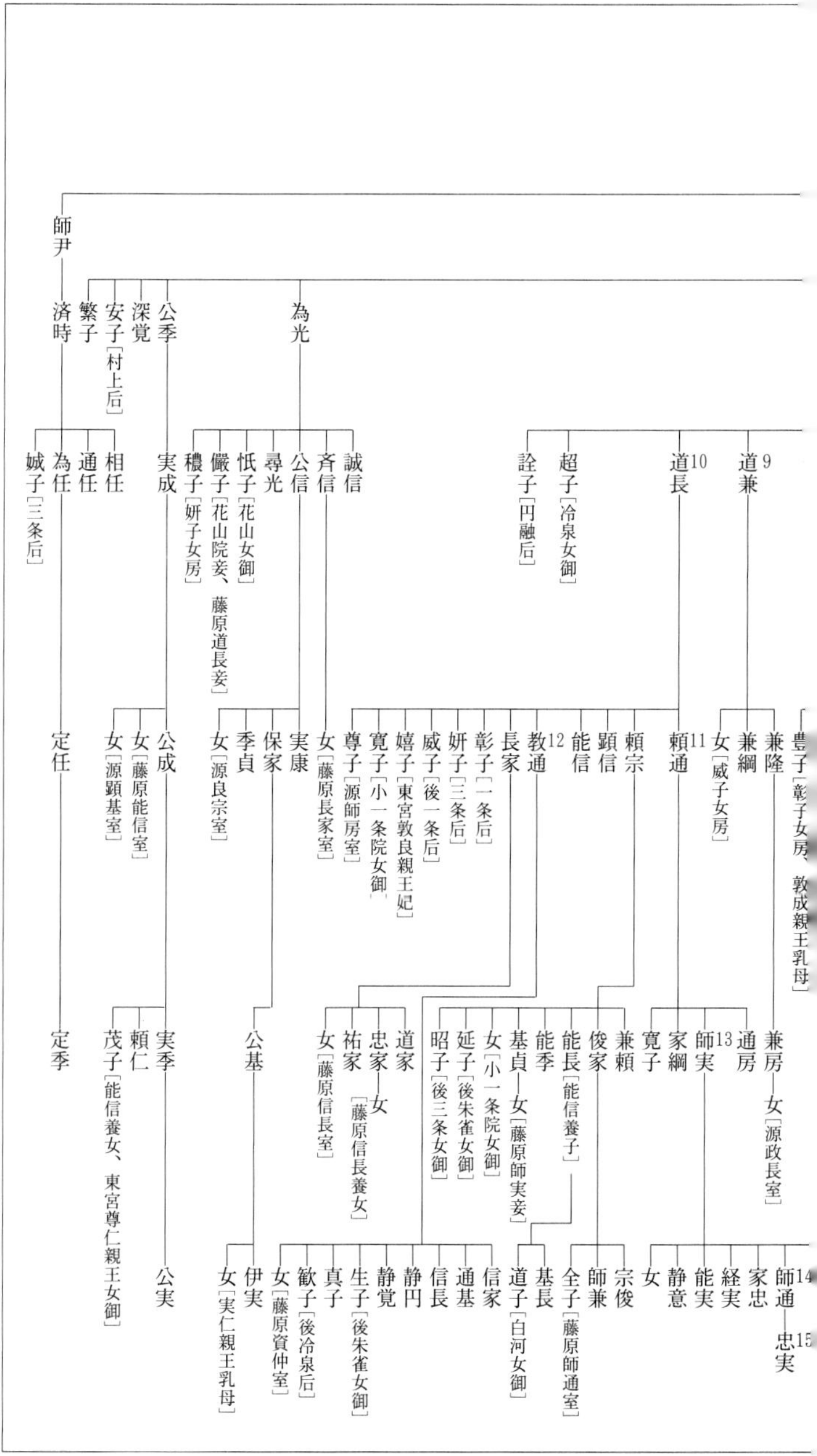

師尹
済時
繁子
安子［村上后］
深覚
公季
為光
道兼 9
道長 10
超子［冷泉女御］
詮子［円融后］
誠信
斉信
公信
尋光
忯子［花山女御］
儼子［花山院妾、藤原道長妾］
穠子［妍子女房］
実成
相任
通任
為任
娍子［三条后］
豊子［彰子女房、敦成親王乳母］
兼隆
兼綱
女［威子女房］
頼通 11
頼宗
顕信
能信
教通 12
長家
彰子［一条后］
妍子［三条后］
威子［後一条后］
嬉子［東宮敦良親王妃］
寛子［小一条院女御］
尊子［源師房室］
女［藤原長家室］
実康
保家
季貞
女［源良宗室］
公成
女［藤原能信室］
女［源顕基室］
定任
兼房
女［源政長室］
通房
師実 13
家綱
寛子
兼頼
俊家
能長［能信養子］
能季
基貞
女［藤原師実妾］
女［小一条院女御］
延子［後朱雀女御］
昭子［後三条女御］
道家
忠家
女［藤原信長養女］
祐家
女［藤原信長室］
公基
実季
頼仁
茂子［能信養女、東宮尊仁親王女御］
定季
師通 14
忠実 15
家忠
経実
能実
静意
女
宗俊
師兼
全子［藤原師通室］
基長
道子［白河女御］
信家
通基
信長
静円
静覚
生子［後朱雀女御］
真子
歓子［後冷泉后］
女［藤原資仲室］
伊実
女［実仁親王乳母］
公実

主な参考文献

引用本文および参照した本文は以下のものに拠る。表記はおどり字をもどすなど適宜改めた。

『源氏物語』『落窪物語』『和泉式部集／和泉式部続集』『紫式部集』岩波文庫。

『伊勢物語』『蜻蛉日記』『枕草子』『紫式部日記』『更級日記』『栄花物語』『大鏡』『今昔物語』『宇治拾遺物語』新編日本古典文学全集（小学館）。

『古今和歌集』『後撰和歌集』『拾遺和歌集』『後拾遺和歌集』『千載和歌集』『新古今和歌集』の本文は、新日本古典文学大系（岩波書店）。

『赤染衛門集』『清少納言集』『紫式部集』和歌文学大系。

『権記』『御堂関白記』講談社学術文庫および国際日本文化研究センターウェブサイト内の「摂関期古記録データベース」。

『湖月抄』講談社学術文庫。

橘純一、久松潜一の論文『批評集成　源氏物語　第五巻　戦時下篇』（ゆまに書房）。

本書は書き下ろしです。

木村朗子（きむら　さえこ）

日本文学研究者、津田塾大学学芸学部多文化・国際協力学科教授。東京大学大学院総合文化研究科言語情報科学専攻博士課程修了。著書『恋する物語のホモセクシュアリティ　宮廷社会と権力』（青土社）、『乳房はだれのものか　日本中世物語にみる性と権力』（新曜社）がともに第４回女性史学賞受賞。他に『女たちの平安宮廷　『栄花物語』によむ権力と性』（講談社選書メチエ）、『女子大で『源氏物語』を読む　古典を自由に読む方法』『女子大で和歌をよむ　うたを自由によむ方法』、『妄想古典教室　欲望で読み解く』（すべて青土社）、『平安貴族サバイバル』（笠間書院）など。

文春新書

1428

紫《むらさき》式部《しきぶ》と男《おとこ》たち

2023年12月20日　第１刷発行

著　者　木村朗子
発行者　大松芳男
発行所　株式会社 文藝春秋

〒102-8008　東京都千代田区紀尾井町 3-23
電話（03）3265-1211（代表）

印刷所　理想社
付物印刷　大日本印刷
製本所　大口製本

定価はカバーに表示してあります。
万一、落丁・乱丁の場合は小社製作部宛お送り下さい。
送料小社負担でお取替え致します。

ISBN978-4-16-661428-8